EVERIGHT BOOK 永正图书

ENJOY LIFE 书蕴生活
ENJOY READING 悦读人生

我和这个世界不一样

张小权 / 作品

中国友谊出版公司

寥寥几笔，直抒胸臆

推荐序：如果当时忍住就好了

一草
2014/5/26，望京

现在，张小权，一个95后的孩子，对这个世界，还有生活，有点儿想法和意见，我们应当静下心来，听听他说。

因为他是我们的朋友，我们的亲人，更是我们的未来。

更因为，当这本书出版时，他将不再是他自己，而是一个群体的缩影，一个年代的印记。

我是在刻意拔高么？还是矫枉过正？

都不是。

身为一名“80后”出版人和写作者，几年前，我召开了“从毕业了一无所有到年薪百万”的全国高校励志演讲，至今已经成功举办了四季，先后走进了包括北京大学、北京师范大学在内的近百所高校，和几万名大学生朋友进行过零距离的沟通，这些大学生在1994年前后出生，和小权年龄相仿，他们的烦恼和困惑很多，意见和想法也不少，然而可惜的是他们的表达始终有限，要么不屑，要么乏力。我很渴望和他们谈谈心，最好能够传递一些正能量，然而大多数时候都是我一个人在枯燥无味地讲，讲完了同学们就跑，拉都拉不住。

他们说还有很多重要的事情未完成，一局没下完的棋，一场未醒的梦魇，一份不见输赢的恋爱……

我心有不甘却又无能为力，窘迫之际，突然看到小权同学洋洋洒洒十几万字的发声，不禁眼前一亮，读后更是兴奋异常，显然这是我们去了解90后甚至95后内心世界一次绝佳机会。

我当然知道小权的观点并不能代表大多数同龄人，我更知道他的某些观点还非常稚嫩，但这些并不重要，重要的这些都是最真实的发声，而且内容不单单涉及对世界和生活的态度，还有民主和民生话题、艺术和旅行话题、青春和成长话题等等，题材也包含了杂文小品、小说游记等，可谓丰富且全面，足以成为我们研读他们这代人最佳的蓝本。

1995年生的孩子今年不过19岁，叛逆应该是这个年龄段孩子一个显著的特征吧。

的确如此，即使冷静和理性如小权者，依然可以从他的文字中间读取出少许叛逆情绪，这实在无可厚非也很平淡无奇。何况叛逆只是不显山不露水的小部分，透过字里行间，你更容易看到的是这个孩子的早熟，因为他懂得控制情绪，更难能可贵的是他还不偏激，知道从不同角度看待问题，知道所有理所当然的答案其实都经不起推敲，那些我们心知肚明的正确往往粗卑不堪。

信息的获取对他来说没有半点障碍，这是他以及同龄人的幸运，他们没有包袱，他们拥有技术，他们什么都敢说，他们不再是为了获得某种认可或者试图建立话语权而故意大声喧哗，所有的动作已经回归到本质，这是一种语境表达的最佳状态。

因此，他当然会关注贫富不均问题，并且会说：我认为，贫富差距是社会进步的动力。

因此，他可以赤裸裸地高谈阔论“意淫”话题，并且高呼：意淫不仅无罪，且益处良多。

因此，在必不可免谈到“仇富”时，他会总结：许多人不爱问曾经，不喜论将来，只观当下；许多人不善究本质，不擅窥背后，只见现象。

是不是真实而生猛？是不是敏感而细腻？是不是精炼且简洁？

哪怕这些观点都还稚嫩，但也绝不回避问题的核心，哪怕强攻不下，也不退避三舍，反正心中无欲，而无欲则刚，能谈则谈，不能拉倒，听懂的留下，听不懂的边儿呆着，您不走我走，潇洒得很。

这样风格的文字在本书里比比皆是。我特别欣赏他在写《小时代》影评时的一段文字——

看戏，不能只是看戏。我以为，人的情感不能干涸得除了木然只剩大笑。我以为，看戏，情感也应因戏而跌宕起伏。人们，许多人，对于一切灾祸患难，只要不发生在自己身上，都觉得只是平平淡淡的一个事件，没有任何感觉。不是这样的。无穷的远方，无穷的人，与你有关。每个人都生活在一个圈子里，所有人的生活圈就是这个世界。每个圈子都与其他任何一个圈子存在交集。每个圈子中发生的事情，都会对你这个圈子，都会对你产生影响。若你尚没察觉到，只是时间问题。每个人，都应为每个生命、每个瞬间、每个角落发生的事件而产生情感。有一天，若丧钟奏响，别打听它为谁而鸣，它为你而鸣。

是的，你以为那只是一部拜金肤浅的电影，可他却看到的是一场生生不息的浮世绘，你用大笑的姿态对对待肤浅，他却用悲悯去看待这个世界，你说在未来的某一天我们会长大，他却开始宣判：no，没有未来，此刻及未来，如果我们的情绪不打开，内心不觉醒，那么他人即地狱，此刻即终点。

当然了，如果他这个年龄的孩子总是高谈阔论这些个话题，再怎么解读都无法逃避一个尴尬的事实，那就是不可爱，还好本书大部分篇幅还是属于他这个年龄段孩子应有的璀璨世界。比如对逝去时光的感叹，对曾经师长和同学的缅怀，这些都是最本真和本质的青春情绪。于是我们看到了那些栩栩如生的故人们——猥琐男、土匪老大、黑鬼、泡妞王，这些符号化的人物实在是我们每个人在成长中都曾遇见的人物，他们面目出奇相似，我们和他们一起经历的故事也出奇相似，这是超越年龄和地界的情感和故事，于是在小权的叙述中，我们酣畅淋漓完成了一次自己的怀旧。

说回文本，文本处理上小权理性且冷静，文笔精炼，可谓言简意赅，而在生活中小权似乎更加不善言辞。他有着非常好的教养，交流的时候非常真诚，言谈举止上找不出什么瑕疵。如果我还是当年那个天真感性的少年，我一定会觉得这个小哥们和我是两个世界的人，更不会驻足去打量他的内心。可我早已不是少年，生活的坚硬、成长的风雨生生将我一颗感性幼稚的心变得现实且坚硬。我当然不后悔曾经的天真，但我觉得没有戏剧性的成长其实也挺好，人生其实没有那么多时间可以去折腾的。如果当时懂得就好了，如果当时忍住就更好了。

因此，我愿意认真去阅读小权这些早熟、理性、甚至老成的文字，并且推荐，我相信，如果你是一个90后的少年，你会从中间看到自己，如果你已经不再年轻，这些文字也会让你停下来，找回属于自己的某些曾经。

目 录

CONTENTS

推荐序

如果当时忍住就好了

第一章

那些年，我们一起看过的电影、读过的书

第二章

这个世界值得你更好地爱

第三章
千万次摇摆，才能长大成人

第四章
我和这个世界不一样

吾原希冀思红尘，空任红尘云遮月。
吾本有意婉转回，怎奈尔心相逝远。
吾原一身骚狂气，空任心间锁樊篱。
吾本一介贪欢客，怎奈桐花落肩头。

第一章

那些年，我们一起看过的电影、读过的书

LIVE
FAST

016

爱本是一个人的事，无奈必须有第二个人参与。
这是世上所有爱情最大的悲哀。

《洛丽塔》生命之光

这是你和我唯一可以共享的永恒，我的洛丽塔。

我不知道有多少人看过这本书，也不知道有多少人感兴趣这本书。但我知道，许多人是感兴趣书中“乱伦”。而书中许多情节又不尽完善，所以不是太过瘾。这真是本没意思的厚书，还是一个俄罗斯的家伙写的。

我首先表明一下态度。

《洛丽塔》是在我心底留下长久感动的作品。

其实，许多人对一些狭隘的片面感兴趣并没有错，但不能用一些个人的思想来衡量艺术。

当年我也曾来来回回看《水浒传》中潘金莲那一章节里“酥胸半露”四个字，浮想联翩。但我不觉得《水浒传》包含色情。你今天看《洛丽塔》，也不能说这部小说在讲乱伦。

唉，有多少艺术的内涵仅显露在表面。

露在表面的，是现象，是行为，不是艺术，更不是灵魂。

艺术的内涵，其实也不完全是单纯个体艺术的内涵，更大范畴是作者有意无意流露的思想。

有多少艺术可以重来，《洛丽塔》就不行。我敢说假如有谁再写一部类似的小说，绝对是众多铺陈的色情。

但有许多艺术可以等待，等待知音与创造者。

来看看这道美丽的光。

故事我觉得没有必要重复太多：一个男人，为了接近洛丽塔，而跟其母结婚，大致如此。

《洛丽塔》这本书，讲的是一个男人爱上了一个不该被他爱的女人的故事。

上面曾是我的想法，但我忽然认为，这根本不对。

什么叫不该被爱？什么叫应该被爱？

爱的羽翼下，没有该与不该。

爱情是一个人或两个人的事儿，其余人都是观众。只是有些人坐在贵宾席。

但，我们都没有干涉的权利，因为爱是一种权利。你尽可以用各种各样的条条框框来约束某些人或某些情感，但无法禁锢一个人对爱情的渴望，尤其是为他所坚信的爱情。

或许你认为他的爱情被你所阻挡了，而且事实的确如是。但这不过是表明的映射罢了。你有能力阻挡他的手脚，但无法苍白他的心灵。有时候，在心灵的世界实现了什么，才是真的实现。

他没有什么不可以喜欢洛丽塔，因为他是男的，她是女的。

看过《洛丽塔》，我开始认真想一些事情。

爱，其实只是一种需求，一种感觉，一种心境。它并不神圣，却独一无二。你可以鄙视他人的爱情，甚至除你之外的任何爱情，但你不能做些什么来妄图改变它，不关你的事。它没有下贱到那个地步。

至于《洛丽塔》。

我觉得，其中的每个人都是一幕悲剧。

关于亨伯特先生。他真的好喜欢洛丽塔这个“性感少女”，喜欢到不知如何占有她。她在他眼中是那样完美，小麦色的皮肤，瘦小的骨架，亚麻色的头发，具有对一切好奇又憧憬的纯美。

但他不明白，许多女人，是不能上床的。

许多女人，上了床，在你心中就不是那个女人了。

许多渴望，应该永远无法满足。

许多梦想，应该永远无法实现。

许多念想，应该永远萦绕。

许多情感，应该永远朦胧。

许多少女，应该永远被你守护，永远不是你的女人。

许多女人，应该永远是处女。

最后这句话送给亨伯特。

假如，亨伯特能一直保持对洛丽塔的爱恋而止步于禁地。那么世界便成为二人的伊甸园。

当然，没有那么多假如，我的设想亦只是我内心的变数。

洛丽塔的内心又如何？在她对性开放与主动的背后，是对于父母双亡的难过与无奈，是对于亲人的依恋。

许多事真的有许多方式，许多事真的不那样简单。许多事物或简单明了或不可理喻的背后，尽是复杂情绪的集中与压迫。

所以，当你无法理解的时候，恐怕是他人经历得太深，而你无丝毫染指。

所以，你丫闭嘴别自大地认为你所不理解的全是神经病。

爱本是一个人的事，无奈必须有第二个人参与。

这是世上所有爱情最大的悲哀。

人生若只如初见，何事秋风悲画扇。所有的相遇，都是久别重逢。假如亨伯特只是在某个艳丽的晴空下，与洛丽塔擦肩而过，多好。没有开始，就没有结束。

感谢纳博科夫，感谢《洛丽塔》。

感谢洛丽塔。

我的洛丽塔，我的洛丽塔。

假若人类不去触碰那些温热的卵，那么异形永远是卵。

《异形》黑暗舞者

在太空中，没人能听见你的尖叫。

嘘，别出声。

小心黑暗中的舞者。

向已经存在四十年的异形致敬。《异形》是怪物片中的巅峰，异形是好莱坞有史以来最具魅力的怪物，《异形》系列电影在电影史上如里程碑般存在。

当年《异形》在电影院上映引起了巨大的轰动。那个发生踩踏的夜晚，预示着大白鲨不再是最恐怖的生物。

《异形》是我最喜欢的影片之一。

那时我爱上异形的过程非常戏剧。初一时，常去鼓楼附近转悠，时不时会光顾模型店。那时就认识异形，因为它太有名了，模型店里常有异形，不说被吸引，也算比较有兴趣。

比较有兴趣的意思，就好像看“金鱼缸”中的小姐，哎，这个虽然不是令自己神魂颠倒，但也觉得还不错，还可以。就是这个意思。

再后来，偶然发现自己有许多压岁钱，琢磨是否应该发展一些崭新爱好。

要不，玩玩模型？

在这之前，作为“舞勺之年”，喜爱玩具是天性。我之前就买过许多模型，但没有什么专一性。看见什么喜欢便买，当然价格要较为合适。那时想，自己这样太不专业了，得玩出点儿套路来。小时候也在电影院买过异形、铁血各一个，在众多积压人偶中保存尚算完好。所以我打算，买一个好点儿的异形，再买一个牛逼点儿的铁血战士，然后便和模型永别，开始崭新的学习生活。

《铁血战士》同样是我的爱，不过暂时不多言。

现在，家里多了两个展示柜，全是异形、铁血。本来准备了断与模型的不解之缘，结果开始了新的收藏之路。

之后，猛然发觉，这么喜欢异形，电影那么多部，必须要看一个吧？当时知道《异形》四部曲均为R级，忐忑看过，方知何为一见钟情。

其实，《异形》四部，最有内涵的是第一部。第一部《异形》，导演是“异形之父”雷德利斯科特，一九七九年上映。《异形》中有着丰富的性暗示与隐喻，包括了对女性生育的拷问等，色调阴冷、黑暗，反映了当时美国冷战时期人民心中的不安、恐惧与冷漠。

性永远是异形不便的暗喻。异形的寄生方式，便是对传统概念的反叛与解脱。异形幼崽破胸的瞬间，是轮回的展现，既是一个生命的死亡，亦是一个生命的诞生。

孰对孰错？孰正孰邪？真是一个角度问题。

异形是生物，它只是为了生存与孕育，在自己的轨道上不偏不倚，做必须做的事，同样也是在他们眼中正常的事。

就好像人类的做爱。

但异形的出世，亦是宿主的死亡。这不是它们的自私或恐怖，而是它们与生俱来的缺陷。

这种存在“缺陷”的高级生命体太有意思了。

其实在我们的自然界，又何尝不是如此。

广阔无垠的非洲大草原，狮子残忍地猎食斑马。这岂不是同一个道理。那么狮子就错了吗？

人类在那个环境中，最应做的，是敬而远之。

假若人类不去触碰那些温热的卵，那么异形永远是卵。

好奇害死猫，这句谚语太适合影评。

异形，是食物链中的顶尖。所以，假若生产者想要存活，最好远离金字塔顶端。

你去玩火，被烧伤不该怪火，这是《异形4》。

许多人也是这样，在追求自己利益之时，会损害别人的利益。社会上，许多人都是踩着别人向上爬，甚至把别人踩死，亦在所不惜。

你不能说这不对，也不能说这自私，谁不渴望过得更好。

但，你荣华富贵，有人就会苟延残喘。

但，你锦衣玉食，有人就会奄奄一息。

异形是本能，人类不是本能。

这是有区别的。

好了，就这样吧。

再次向异形致敬。最伟大的梦魇。

黑暗中的闪亮。

DIAMOND PRINCESS

A A

C B

B

H /

M D

O I

C

多少爱，曾经被你亲吻拥抱，而今被你唾弃不齿。
多少梦，真的置身其中，渴望立即醒来。

《罂粟之家》红波浩荡

有时候，家这东西真不是好东西。

读这部小说时，我总产生一些奇妙感觉，恍如坐在无边无际的罂粟地里，周遭旷野，呼啸的风吹拂着朵朵盛开饱满的罂粟花，席卷起红色的海浪。我被这海浪裹挟，轻柔而凄迷。

读到末尾，风戛然而止。红色的海洋变为死水，一株株罂粟像一尊尊雕像般矗立。

苏童先生的小说，一直饱含着深刻的意蕴与哲理，这是我所深爱同时所不能完全了解的。但这也无妨，一千个读者眼中有一千部作品，个人理解是个人的事，是个人的内心，亦是个人的角度与水平。

我认为，没有什么是看不懂的，只要诞生理解，就是懂了。看过许多文字之后，什么想法都没有，那才是不懂。

同样，在写这篇文字时，我想什么，你也不知道。你以为我在想这篇文字，或许我正在想女人。你会不会以为我低俗？如果是，那么恐怕你也会认为苏童先生在写《罂粟之家》时一直在想吸毒吧。

我认为，这本书讲了一个非常复杂的故事。那段陈旧奢靡的岁月，那个时代变迁中的历史故事，那些仇恨、贪婪、屈辱与性的深刻感情。

性能是人物感情吗？可以是，在这里应该是。具体的故事于此不希赘述。环境是闭塞的农村枫杨树村，大地主刘老侠，儿子刘演义，还有儿子刘沉草。刘演义是个傻子，而刘沉草最可能是长工陈茂与刘老侠的媳妇翠花花生的。所以，在这一点上，刘老侠已然被悲剧色彩喷涂。

这个故事，经历了土地革命时期，而刘老侠是唯一也是最大的地主。所以，在这一点上，刘老侠已经被悲剧色彩颜射了。

抛开这些。你说，刘老侠是个怎样的人？我觉得非常复杂。刘老侠一直是地主，但起初他只是种庄稼，之后他听那个烂仔弟弟说城里人吃“花面”，也就是罂粟花粉，大烟鸦片。毫无见识的他不敢相信那些花粉能卖得那么贵，尝试着种了几亩，最后收获二十斤花面。这是开始。

刘老侠虽然不清楚这是什么，吃了会怎样，但是闻起来是真他妈的香啊。装在粗竹筒里，都阻挡不了四溢的香气。但他知道，这是异香，自己不能碰，得让它到黑市上去散发。

刘老侠第一次进城，城里的黑市他怎会知道。最后走到妓院，他带的花面被一群狗男女像猪拱一般抢完。没有银元，只有空空的竹筒，气味都不剩。他没有失落，相反，他特别开心。

这花面太美好了，城里人见到它像饿鬼一样，城里人离不了它。烟雾中飘飘欲仙的年轻男女，是刘老侠美好的未来。城里的灯红酒绿没有使他羡慕，辛苦劳作却无银元没有令他伤心，产品再好再香也无法诱惑他。目的单纯，眼无他物，他是真正的生意人。

从此之后，刘老侠的土地真正变成了巨大的花圃，盛开的罂粟花喷薄出了鲜红的枫杨树。

然后略略说说他的两个儿子。刘演义，白痴演义对面前的每个人都充满了敌意。“给我馍，我饿，我杀了你。”这是看似多么不相干的成分。但细想，对于一个傻子，这又都是最直接且仅有的感官刺激，大快朵颐的满足，鲜血淋漓的畅快。

其实你说傻子悲哀吗？怎能不悲哀，天生愚钝，且最后被兄弟沉草一刀劈死。

但在刘演义活着的日子里，他或许是那世上拥有最多满足的人了。渴望吃饱，天天都吃饱了，每天他的相同梦想都被有增无减地满足。

虽然没杀过人，却天天拎着柴刀，时不时伤人。离梦想总是一步之遥，而自己永远不懈努力，享受追逐梦想并为之拼搏的过程，又何尝不是意义与快乐。倘使真杀了人，天知道会怎样，兴许被吓死。生命的最后，死也不明不白，与活着差异甚小。

圆满的一生。

我不知道自己有没有一丝一毫的戏谑。但，傻人傻福，难得糊涂，此乃真理。

刘沉草。

他是个悲剧。要在今天来讲，刘沉草应该是个富二代了，而且很富。他与兄弟演义不同。演义也是富二代，虽然他富，但是他二。所以，刘老侠的正常小少爷刘沉草，傻逼小少爷刘演义，家业、土地，还是给不爱吃馍的吧。

看看那滚滚红波，看看那阵阵银元，暂且忘了陈茂那条狗吧。

有时候，有些人真的对自己甚是感到无奈与无力。我不清楚总是沉默的刘沉草对自己出生的这个家庭有什么感觉。我不清楚他是否满足，是否厌恶，或压根儿没有感觉。

刘沉草在一些时日后开始吃花面。他对父亲的行径感到悲哀，对那段岁月里隐隐约约的土地革命感到不安与压抑。

枫杨树太远，部队不来，刘老侠就是老大。

刘沉草有个漂亮的姐姐，刘素子。后来被土匪姜龙和长工陈茂强奸，或者是半推半就的强奸。

刘素子后来让刘沉草杀了陈茂。

“我姐让我杀了你。”

“刘沉草你开玩笑吧。”

“我姐让我杀了你。”

“我是你爹。我才是你爹！”

“我姐让我杀了你。”

这是在刘沉草麻木的一生里最为迸发的一件事。最后，刘沉草在装满罂粟花面的大缸中，被枪打死。刘沉草最后的话是：“我要重生了。”

他没被谁审判，所以不是枪毙。

我感觉，刘沉草的身上汇集了太多的悲哀，在这里，再说什么都是多余。

刘沉草这一辈子，罂粟里走来，罂粟中走去。这是刘老侠弟弟的梦，也是多少瘾君子的梦。

多少爱，曾经被你亲吻拥抱，而今被你唾弃不齿。

多少事，历经桑田沧海，里面的主人公，是否还有勇气重新来过。

多少梦，真的置身其中，渴望立即醒来。

有一天，若丧钟奏响，别打听它为谁而鸣，
它为你而鸣。

《小时代》情感干涸

今天去电影院看了《小时代2》，不想谈论影片的好坏，但观众的一些行为让我感到震惊。

不知为何，观众说的话恨不得比片中台词都多，整场电影几乎不存在人群安静的时刻。当然，谁都有发表言论的权利，谁都没被要求进入影院不要过多讲话。但我认为是否应该安安静静地观看银幕来给予影片尊重，给予演员尊重，给予导演尊重，给予影视行业尊重。

这是个问题，但微不足道。让我震惊的是另外一幕。

片中，顾里生日宴会，顾里与席城上床被南湘得知，唐宛如也指责顾里粉墨示人，其他人亦鸡飞狗跳。最不想发生的正在发生，最坏的正在更坏，所有的矛盾冲突在此爆发，所有往日的美好在此幻灭。虽对原著了解寥寥，但此时也对这些昔日的亲密好友的破裂感到难过。

就在这时，简溪与顾里的对话大约是有些滑稽可笑，然后影院中便哄堂大笑，我真惊讶这些发笑者是什么心态。就好像在看《金陵十三钗》时，日本兵把豆蔻强奸，你的下体有反应了；就好像在看《霍元甲》时，霍爷被下毒吐血依然顽强战斗，你觉得他武功不错。朋友，咱不能这样吧，咱不该这样吧。

不知是否我观影时过于投入，我总感觉人应该被影片的情节影响，感染，跟随。当影片处于悲剧色调，剧中人受伤、境遇悲惨，然后只因有一个不能称之为笑点的情节，你就笑得前仰后合。你，不能无关情节背景而只因有可笑的断片便捧腹大笑吧，不能完全是坐山观虎斗吧，不能完全是罗马角斗士死亡时只因喝酒的观众吧。咱应该为剧情所持有正确的感情基调，不求设身处地，不求感同身受，只求同喜同悲。

看戏，不能这样看戏。看戏，不能只是看戏。

从电影院出来，我仍然震惊于观影者的如此反应。怀疑自己是不是感情太丰富了，怀疑自己如此深入剧中情节，是否为神经汉。细想，不是。

究其本质，人们之所以有这样的反应，是由于当今社会，人们的“看戏”心理泛滥。这样的平静情绪，这样的木讷冷漠，这样的“只要自己安好，管它洪水天崩”。心弦如此难以被拨动，不是“看戏”心理又是什么？只要与我无关的事，都是过眼云烟，都像字典上铅印的信息，都如百科上记载的事件，就是普普通通的一段文字，没有什么重要，没有什么影响。我仅是看看热闹，只是随便走走。情感海面无丝毫波澜，更不必谈论行动。

小孩被撞无人救，老人倒地无人扶，连现实社会发生的悲剧都被漠视，更何况电影中的悲剧。

我以为，人的情感不能干涸的除了木然只剩大笑。我以为，看戏，情感也应因戏而跌宕起伏。许多人，对于一切灾祸患难，只要不发生在自己身上，都觉得只是平平淡淡的一个事件，没有任何感觉。

不是这样的。无穷的远方，无穷的人，与你有关。

每个人都生活在一个圈子里，所有人的生活圈就是这个世界。每个圈子都与其他任何一个圈子存在交集。每个圈子中发生的事情，都会对你这个圈子，对你产生影响。若你尚没察觉到，只是时间问题。

每个人，都应为每个生命、每个瞬间、每个角落发生的事件产生情感。

有一天，若丧钟奏响，别打听它为谁而鸣，它为你而鸣。

有些事物永远不要实现，最好。

《阿凡达》视觉盛宴

当科幻电影逐渐被人们淡忘的时候，当探索外星被人们认为无聊的时候，当人们提到拿着弓箭的骑龙勇士只会联想到指环王时，总会有新的电影如石破天惊般降临——《阿凡达》。

《阿凡达》这部影片是卡梅隆导演的又一部科幻大作。这部影片不论是从情节还是从视觉上都堪称科幻电影的巨作，3D电影的史诗，情节扣人心弦，吊足了观众的胃口。视觉上绚丽飞扬，更是将3D效果发挥得淋漓尽致，牢牢地抓住了观众的眼球。

阿凡达的制作成本无疑是巨大的，不管物价如何像坐着火箭似的一路飙升，制作规模相比于其他科幻电影的全面升级，对于只懂进不知退的电影产业来说，只不过是一次标准流程而已。于是这部电影成了一个各种高科技相互拥抱的结果，一个用各种顶级视觉特效揉捏而成的精致绝伦的艺术品。

影片的剧情大概是这样的：在未来的某年，人类发现了一个未知的星球，喜欢探索的地球人，尤其是美国人，当然要去看看，这颗星球就是阿凡达。这颗星球上面有十分丰富的资源，也就是片中的那种发电效果强烈的矿石，人类的想法是毫无疑问的，拿走它。但唯一的障碍就是星球上的原住民——纳美人一定不想有人来破坏他们平静祥和好像陶渊明笔下桃花源一般的生活。于是人类就想利用高科技来“创造”出与纳美人差不多的生物来说服他们允许地球人来开垦他们的土地，带走这些对他们来说没有太大用处的资源。最后纳美人不愿意这样，并且人类创造出来的“纳美人”也加入了反抗人类的行类，与人类殖民者展开惨烈的大战，最后将人类遣送回了地球。

客观来说，影片大体内容算不上十分新颖，但是对于“卧底”的设计十分新颖。通过跟随主人公的视角让观众感受到了一种奇特的观影感觉。

影片中的许多画面都十分震撼，充分体现出了3D效果。最突出的就是纳美人骑在飞兽怪上与人类高科技飞机战斗的场面,飞行器上携带的大型航空机枪与重型火炮喷出的一条条火舌与五彩斑斓的飞兽怪交织成的绚烂画面好像就在身旁，伴随着枪炮尖锐的爆音与纳美勇士的呐喊，使人有一种身临其境的感觉。

虽然作为一部以科幻为主题的电影，但是卡梅隆导演也没忘记突出有血有肉的情感。不用多说男主人公与女主人公，在这种情况下，尤其是在美国片中，不产生感情是不可能的。片中更加感人的是在最后人类进攻纳美星球时，不光纳美人拼死抵抗人类，那些平常与这些原住民为敌的野兽们，这时也同仇敌忾地对抗人类。纳美人单凭一己之力也难以战胜敌人，这个情节在使我们为这些生物感动的同时也不禁使为当今社会人与动物的关系感到惋惜。

飞兽怪与纳美勇士间超越种族的感情，他们之间就像兄弟一般，谓之“情同手足”也不为过。对于《阿凡达》这部科幻巨作，纳威人与纳美星上的生物也是一大卖点。

我其实很喜欢科幻片，常常意淫倘使这一切真正发生会如何。

有些事物永远不要实现，最好。

再恐怖黑暗的日子，亦存在光明。

《金陵十三钗》烟柳秦淮

究竟有多少好妹妹？

当年，多少美丽的灵魂如战火般纷飞四散。

向那些过去的日子挥手。

作别被硝烟弥散的云彩。

感谢张导优秀的作品。感谢张导。

在第五代导演中，我最敬佩的就是张艺谋导演。张艺谋导演的影片，大都是刻画细腻的平常人物看似卑微弱小的情感，在这些柔软与平凡中，展现出人性中的美好，灵魂的崇高。

张艺谋导演的影片，是真正聆听脚下土地歌哭的电影。

当然，许多人对《三枪拍案惊奇》不齿唾骂。但我认为，这是一部成功的商业片，这是老谋子的自娱自乐，而且这片子中蕴含着诸多内涵哲理。

实在看不懂的人，首先听听片尾曲吧。

暂且不提此片。

张艺谋导演的所有作品我大都喜欢，最喜欢的莫过于《金陵十三钗》。

在《山楂树之恋》后，又一部感人至深的电影被呈上银幕。《金陵十三钗》和《山楂树之恋》都是可以使人落泪的电影，都是可以使任何年龄段的观众落泪的电影。如果说《山楂树之恋》是用纯洁的爱情触动泪腺的，那么《金陵十三钗》则是用人性的伟大来触动泪腺的。

关于张艺谋导演的《金陵十三衩》这部影片的主题，我认为，是表现在特殊的时段境况下人性的美好。

人，是天性便会掩饰的动物，天平盛世，岁月静好，微风不噪，万物生长，阳光下的植物，每个都在茁壮成长，每个人都是好人。但当身处战火，命悬一线，内心面目才会真正裸露无遗。

真是这样的，连日本兵也是如此。日本人也是人，他们也是孩子的父亲，妻子的丈夫，父母的孩子，为何在中国这片土地上变成裹挟罪恶的杀手？还不是因为战争这如此残酷的背景！战争带来的影响是双向的，日本人亦不例外。日本兵狠毒冰冷的目光之后亦是恐惧无边。过了这么多年，又有多少人内心真正安宁。

片中的军官许大鹏，我现在还不大清楚他到底隶属共产党还是国民党，拍的时候怕是这个细节也并未仔细。我只清晰记得他是顽强的抵抗军，这便足够了。其实在那时，我不知道军人到底有没有考虑到自己的命运。武器的差异，人数的悬殊，供给的不足，我不清楚这些在他们心中是以何种形态存在着。但他们明白，自己是军人，保家卫国是必须遵守的天职，哪怕到最后一刻，哪怕剩最后一人。

坚守，便是人性的伟大。美好这个词，在这里显得稍逊刚强坚韧。但也或许有些军人什么都没想，只是单纯跟随着部队。但他们又怎么能够称为麻木！

人很容易害怕，也很能感知恐惧，我想，他们深有体会，却依旧前行。这，又何尝不是伟大！

许大鹏本人，说实话，凭他的实力，凭他对地形的熟悉，活命逃跑应该不是不可能。但他要对得起战死的兄弟，要对得起那些躲在教堂的女人，要对得起自己的良心。他不能逃避，无法离开，他的命运如是。

牺牲自己，拯救他人，这是人性的赞歌。

当许大鹏站在教堂色彩斑斓的玻璃后面时，当我看到他那逆光下的剪影，我看到了一个英雄。那是对恪尽职守最好的诠释。

约翰•米勒说，人与动物的区别，就是人能够被外物改变。

片中刚开始出现的美国人，为英格曼神父做殡葬而来到南京。刚开始险些被日本兵杀死，而后侥幸逃脱，与二女生相遇，起初认为语言不通，后发现两个女生是从教堂来的并会讲英语，大有偶遇老乡之感。在片中昏暗的水泥管里甚至看出他的眼中闪烁光芒。然后来到教堂，遂向小男孩李乔治要钱，这时他一句“money”男孩一句“no money”具有十分的笑点。后他选择暂时留在教堂只因为有充足的葡萄酒、舒适的大床、前来避难的美貌妓女。

之后平静被打破，日本兵冲进教堂，他的第一反应是逃避。但发现日本兵准备凌辱女学生时，这个美国人心中有了一丝改变，有些东西开始萌发，善良和爱。

阳光从彩色的窗户射进来，在地上投下斑驳的光影，在这光影中，地上出现了一个高大的身影。伴随着巨大的十字旗如鹰般地从天而降，一位神父出现在高高的平台上。他换下了西装，一袭黑衣，仿佛换了一个人。伴随着他威严的声音，他已经不再是一个普通人，为了这些素不相识的女生，他冒着生命危

SPECIALIST SHOPS
BANKS
POST OFFICE

险保护她们。他站在高高的圣堂上，背后光芒万丈，周身轮廓是模糊的金色渐变细线，好似被金色羽翼轻轻包裹。仰视的角度，他像一个英雄。

妓女们，你们是钓鱼巷的女人，但你们最后会进入天堂。

用自己的生命去换取他人的生命，最伟大的人性，最美丽的灵魂。

你说，影片最后，为什么玉墨和妓女们要替女生们去“唱圣歌”？她们真的如此高尚吗？看，她们最后的言行，她们最后唱出的“秦淮河”，她们将各自的宝贝托付给“小妹妹”时，那是一个个闪烁的灵魂。这一簇簇闪烁的光辉，照亮了一切黑暗。她们将生存的希望留给了她们，将自己对未来美好的渴望留给了她们，那是她们身为妓女而一生都无法实现的梦想，她们希望这些未被污浊的纯洁美丽的生命能活出自己久久渴望的生活。以自己的牺牲，通过别人，来实现自己的期盼与追求。她们相信，女学生美好的未来，就是自己渴望而无法实现的未来，所以不悔。

别人的想法，永远在另一个世界绽放。你的揣测，永远是一厢情愿。最后，我亦不知道妓女们是否真心情愿，是否真的面带笑容，抑或心中早已挂满泪水，涕泗横流。但不论我怎样想，她们真的去了，这就是板上钉钉的事实。真的，真的存在那样高尚的人性，高尚到为别人放弃生命。

《金陵十三钗》，讲述了一个凄美的故事，凄惨到令岁月潸然泪下，美丽到使历史难以忘怀。

再恐怖黑暗的日子里，亦存在光明。

是爱，是和平，是善良，是人性光芒处的闪烁。

究竟有多少好妹妹。

女人是水，烟柳画桥，秦淮依旧，十里长安。

倘使林雨翔真的和苏珊在一起了，没准也不是什么好事。

人心易变，不若只如初见。

《三重门》年少轻狂

在这个世界上，许许多多的人都活得过分小心，小心得悲哀。

为了或好或坏地生存，为了或大或小的名利，我们又必须如此。

无论状态如何，我们都不得不尽力使之保持，而后更加尽力提升。

许多时候，许多事物，我们都渴望撒手不管，却立即无奈发现不得不管。

何其悲也。

《三重门》就是写出如此之情的一部小说，也是我看过许多遍的小说。从初中第一次看，到高中还看，现在仍然不时翻翻，从字里行间中可以清晰地看到作者韩寒的蓬勃心血与激情年少。

不管别人怎么说，我说《三重门》是韩寒写的。当年我记得我买的那本《三重门》里附赠了韩寒的一张小海报。那时的韩寒比现在更加不羁，他那时是长过耳际的长发，凌乱而凛冽，却压不住成熟才气。

看到这张照片，我说《三重门》一定是韩寒写的。

其实世间这么多事情，真的蕴涵着无穷无尽的可能性，没有什么是不可能的。只要够矫揉造作，一切皆有可能，但一定是矫揉造作加实力。很多事情，貌似疑惑万千，其实条件足够，答案即使不是显而易见，亦可全盘推理。而在推理的过程中，许多“事实”其实亦皆为猜想与臆断。而接受信息的你，也会受潜意识的支配，这是主流舆论使然。

所以，根本不存在什么铁证如山的真理事实。好多事和结论都是你愿不愿意相信，所以相信美好的东西吧。

来，先过门，再聊聊。

《三重门》这部小说的内容我不想在此过多赘述。讲的是初中生林雨翔的故事。当然，小说结束时他已高中，显而易见他是男主角。至于女主角，我认为是苏珊。我喜欢相信自己的感觉，尤其是第一感觉。

许多事情该这样，又不是做卷子。不过，对生活没太大把握时，连做卷子都该这样。

谈到这里，我忽然想说说自己。这部小说和学生时代有那么大的关系，而我又刚刚结束了校服岁月，自然感慨良多。曾经我在高三时有次化学考试，全身心投入地写，一百分才得了二十九分。而班里有个哥儿们，用几秒钟便蒙对了五个选择题，三十分。

当时我真该亮起感觉的眼睛。

许多过去的事情都是这样。一切的旧时光都不会对今天产生太大影响。曾经化学二十九分，我若不说，自己都会遗忘。

唉，曾经的我啊。

唉，那个小傻逼，我真爱他。

看过《三重门》，最大的感觉就是，生活中真的有美好，不是去发现，找着了没用，而是要去感受。

用心，用力，穿过汹涌的人群，亲吻摇曳的自己。

这本书中，我最喜欢的其实是林雨翔对苏珊的爱恋。

其实，爱情这个东西，尤其是青春时代的爱情，在乎的只不过是一个感觉。有时候感觉是说不清的，喜欢就是喜欢。

喜欢就是喜欢，是最美好的。

林雨翔对苏珊其实暗恋了一段时间，但称之为暗恋不妥。那时在周庄吃午饭时，我认为苏珊对林雨翔已心生爱慕。不过恐怕此感觉尚不及爱慕，但一定有感觉。

那会儿，恐怕苏珊让林雨翔背古文也不是背古文。

后来，其实这两人挺悲剧的。

中考，苏珊应该上市重点，林雨翔应该上区重点。

苏珊本来稳上市重点，却舍弃几道大题，考上区重点，想和林雨翔在一起。

林雨翔本来勉强上区重点，而父母托关系，使他以体育生的身份上了市重点。

有时候，父母是孩子最大的幻灭者。

父母，躺在此岸，臆想彼岸。

原本是多么的美好。女生故意考差，男生拼命考好，最后在一起。

这是多少中学生当年想做却不敢做的事。

在难以捉摸的未来的面前，他们怕了。

虽未知但理应更美的未来，虽相见恨晚但不甚了解的男生，她选择了一段能抓住的爱。

多好的姑娘。

多惨的男生。

多操蛋傻逼的父母。

多么戏剧的悲哀。

生活和命运就是喜欢如此捉弄我们早已遍体鳞伤的内心。明知你的内心需要爱抚，却偏要雪上加霜。

真的无奈，就放任自流吧。喝点酒，抽支烟，出去逛逛，便什么都忘了。

忘不了的，慢慢就淡了。

什么都看开些，总是好的。多安慰安慰自己，别和生活过不去，其实真的没什么。

倘使林雨翔真的和苏珊在一起了，没准也不是什么好事。人心易变，不若只如初见。

既然你现在受伤了，就一定要这样想。

毕业是夏，悲秋不远。

雁过也，正伤心，却是旧时相识。

旧时若忘，回忆似水。

一张落寞的脸，一段落寞的事，消融在昨日的夕阳里。

成长，仿佛强行剥离掉腐旧的羽毛，留下好的，
长出新的。只是在这中间或许会发生错误。

那年诗话

上大学后，常常感觉许多事物离自己越来越远，蓦地多了几分悲伤。

现在，想写点儿什么。

寥寥几笔，作为对那些时日的祭奠。

我有一个同学说了这样一句话：曾经高三时有这样一种精神，许多事，不能不行，必须得行；而现在，许多事，不行就算了。

许多优秀的品质正从我们身上慢慢褪去，想挽留，却总是无奈。但是，情感也不必产生太大波澜，因为这就是成长。成长的同时亦会伤害自己。

成长，仿佛强行剥离掉腐旧的羽毛，留下好的，长出新的。只是在这中间或许会发生错误。

我也是这样。当自己没有经历时，谁都是局外人。可当自己真正身处其中，一瞬间便被洪流席卷。

我并不是说今天的我与昔日是多么相隔万里，只是现在被许许多多因素裹挟，再也无法像以前那样静下心来，去做那些答应过自己的事情。

那日，我无意间看到书架上的诗集。那日，我无意间拿到印有我写的古体

诗的校刊。浑浑噩噩中，迷茫怅惘里，猛然想起我曾经多么喜欢诗词歌赋。猛然想起我还有如此一技之长。指尖掠过那些泛着油墨清香的纸页，恍若在触摸一个尘封的自己。

上学那些日子，总觉得诗词好似隶属我的学习，却又仿佛不是，因为它拥有其他学科不具备的美。记得当年读诗时，总是感慨诗人的命运多舛，怀才不遇。

宣室求贤访逐臣，贾生才调更无伦。

可怜夜半虚前席，不问苍生问鬼神。

贾生便是贾谊。汉文帝本想任贾谊为公卿，但因朝中权贵反对，疏远了贾谊，任他为长沙王太傅。当贾谊终于被召见之时，本想满腹经纶终有用武之地，却无奈皇上只是询问祭祀之问题。夜深人静，一国之君与他对坐，贾生满腹民生大计、治国之道欲抒发，却只被问及鹿台，这是何等悲哀。大丈夫，本欲治国平天下，贾谊却同李白一样。李白当年被选为御用诗人，专为皇帝写诗。非皆为怀才不遇，只是尚未遇到赏识他们的圣主。不过李白比贾谊要潇洒，天子呼来不上船，力士脱靴龙巾吐。钟鼓馔玉不足贵，但愿长醉不愿醒。天生我材必有用，千金散尽还复来。这即为“诗仙”的气度。

生命最后，江边大醉，跳水追月，驾鹤西归。活，就要活得纵情恣意；死，也要死得潇洒淋漓。

李白也许不算怀才不遇。在盛唐的繁荣灿烂中，他自己成全自己。

唐朝许多诗人相比很不幸。“诗圣”杜甫，亲朋无一字，老病有孤舟，颠沛流离中的陨落，是他的悲哀，亦是一个时代悲哀。

而刚才“宣室求贤访逐臣”的作者李商隐，更是这样一位诗人。科举不中不谈，更偏偏恋上宋华阳女冠。“嫦娥应悔偷灵药，碧海青天夜夜心”你的爱人也许果真如是想。可是，“蓬山此去无多路，青鸟殷勤为探看”一句充满眼泪的反语。如何不远，相见一面，谈何容易。多么希望那信使真的恍若青鸟一般敏捷轻快，扑闪着翅膀，飞入灵都道观的雕梁画栋里，落在她的纤纤玉手旁。

欲问孤鸿向何处，不知身世自悠悠。

算了。

岁月的车辙里，多少这样的故事，仿佛一缕缕青烟弥散。

同是天涯沦落人，相逢何必曾相识。怎么那样多的事情，偏要发生。假若所有的相遇，都是久别重逢。那么，擦肩而过，多好。

古今多少事，皆付笑谈中。张继，那位名落孙山的书生。

月落乌啼霜满天，江枫渔火对愁眠。

姑苏城外寒山寺，夜半钟声到客船。

在此之后，他再没写过什么传世之作。

他并没有出类拔萃的文采与情怀，但那天情感的临界点到了。

就是这样。

文采与情怀兼备，已是诗人。

仔细想想这些诗人，他们并不开心，一点都不幸福，他们命运多舛，仕途不达，寂寥零落。可也正是这些，才铸就了手中的生花妙笔，心中的郁郁寡欢，幽幽情愫，才是诗词的源泉。

幸福的人，是写不出诗的，因为缺少那样的心境。艰苦著文章，这是对的。雕栏玉砌应犹在，只是朱颜改。南唐后主亡国，自己的女人变成新皇帝随时召见的妃子，然后才写出如是词句。

什么都需要代价，什么亦有回报。人要有内心的澎湃，情感的波澜，才能有那样的感怀，写出如斯的作品。他们，冥冥中，用人生的不幸，换来这些文字。流光溢彩下，是长长的叹气与无尽的泪水。

酒入愁肠，七分酿成月光，三分啸剑气，这是李白。那七分月光，便足以成为盛唐最深的浓墨重彩。

假如张继当年考上状元，历史上则不会有《枫桥夜泊》。假若他可以选择命运，如何？假若他选择现实，值吗？我不知道当年状元榜眼探花是谁，甚至忘记了当年的皇帝是谁，我只知道这首诗，只知道《枫桥夜泊》，只知道作者叫张继。

路怎么走，你自己选。人各有志，何必强求。更何况历史这件事，变数太多了。假设没有张继，恐怕会有更出色的诗。谁知道呢，谁都只能见到现实。

江郎才尽。为何？非才尽，乃情尽。

人亦多有抱负，没有实现抱负的文人成了诗人。

王勃，二十五岁便因落水惊吓而英年早逝。相传十六岁写出“骈文第一”的《滕王阁序》。落霞与孤鹜齐飞，秋水共长天一色。这是何等辞藻。王勃怎没有抱负，北海虽赊，扶摇可接，东隅已逝，桑榆非晚。只可惜，飞来横祸，天妒英才。

南朝宋的宗悫年少时很有抱负，说“愿乘长风破万里浪”。我非常欣赏敬佩他。愿景这事，人家第一没有想到物质，而是追求。

一个愿望，是一种追求。

这是境界。

古文中，记得尤其喜爱《庄子》。谬悠之说，荒唐之言，无端崖之辞。却尽是字字珠玑。

当时朝廷派人请庄子入庙堂之高做官。庄子问那些朝廷来的使者："你们知道吗，有一只神龟，活了千岁，死后被装在精美的盒子中，现在被人供奉。假如你是那只神龟，你是愿意现在这样死了被人供奉，还是愿意在泥水里自由地摇尾巴？""当然愿意活着。"

庄子曰："吾将曳尾于涂中。"这，即为他对于功名利禄的态度。

战国中期，在文化屈从权势的传统中，庄子是一棵孤独的树，一棵孤独的在深夜看守心灵月亮的树。

盛筵难再，兰亭已矣。紫电青霜，腾蛟起凤，而今安在。一切都过去了，不论是时代还是精神。

六年逝水，时间无情。

江畔何人初见月，江月何年初照人。

人生代代无穷已，江月年年望相似。

不知江月待何人，但见长江送流水。

月色亘古，自然永恒。

天高地迥，觉宇宙之无穷。兴尽悲来，识盈虚之有数。

你经历的一切，不过是庞大时间的渺小间隙。

到乡翻似烂柯人，只是臆想的幻境。

不知从何时起，那些空谷幽兰般的诗词渐渐淡出了我的视野。中学时，总是盼望能够有一个安静的下午来读诗。而现在，即使有安静的下午，却总有一些"更重要"的事情。

当年的学习，不学不行。现在的事物，不做不行。

生活就是这样，永远不要把喜悦留给明天，永远不要对未来怀有期待。

我知道许多东西，也有许多东西我不知道。就追忆到这里吧。

猛然想看看昨日的自己，现在可以与他挥手道别了。

过去的几年里，我们向所有爱自己的人许下无数誓言，而现在，以前的誓言像烟一样消散。过去的几年里，我们想想以后的日子总会傻傻而憧憬地笑，而现在，回忆以前的日子总是想哭。

青春的似水流年里，唯一值得珍惜的，就是那些年一起追过的女孩儿，这些年一起奋斗过的梦想。

人生路上，总要留下些什么，比如诗，比如情。

路要自己走，要对得起自己，要对得起爱你的人。

写这篇文字时，恍若行走在一片桃花林中，空中飘舞纷飞的粉红蝴蝶，是记忆。

此情可待成追忆，只是当时已惘然。

杨柳纤腰朱唇启，樱桃白雪粉面生。
轻拢慢捻拨湘弦，金甲龙袍随烟沙。
五陵公子争相慕，花马金裘不尽数。
古来秀客皆寒寂，不识红尘不识情。

第二章

这个世界值得你更好地爱

DIE
YOUNG
LOVE
HARD

Colac Otway
HARDY ST
SHOPPING CENTRE
FOODWORKS
APOLLO BAY BACKPACKERS
B&B
CAPTAIN'S AT THE BAY
SHANNONS GALLERY
POST OFFICE

wild boy

一切真的会按你想的而改变，你渴望的一切均会发生，
你的负担终将变成礼物。

这个世界值得你更好地爱

各种节日的气氛都仿佛越来越淡。无论传统节日还是外来节日均如此。

一直喜欢各种节日，尤其是传统节日。不过，这么多年，从未对外来节日有过特别深邃的体验。但就在现在，我产生了全新的感触。

昨天去三里屯闲逛，打算随便看看。到了那里，见到太古里前面的圣诞树，才猛然发觉圣诞将至。再见到许许多多人在前面猛烈拍照，感觉没什么意义。遂去吃饭。当时天色已暗了下来，但尚未黑。

吃过饭走出来，感觉变了一个世界。不知何时响起了圣诞歌Jingle Bells，这是我很小的时候就听过的歌曲。而现在，望着彩灯绚烂缤纷的圣诞树，身旁是带霓虹灯的红色彩带与绿色树枝圈，头顶是漆黑的夜。入夜风寒，但感觉很温暖。

这里是三里屯的南区。不知为何，在这里，将至的圣诞节会给予我如此的暖意。

随后，走到北区。一棵巨大的圣诞树映入眼帘。树的周围是一圈圈的平

台，平台上安置着一圈圈的蜡烛灯。整棵树包裹在一层薄薄的幽兰色光晕中。而周围，是光芒明亮而错落有致的建筑物。地上，是射灯投下的淡蓝色光斑。最后面是点点紫色背景。

曾有人问我三里屯的夜景如何。我说还好。

今天真的挺好的。

真的不知道在这个寒冷的夜晚，在这个繁华掠影的地方，这么一些不复杂的情境，为何会在心底产生暖流。

想想，可能因为圣诞节是西方节日中我最喜欢的一个吧。小时候，从《米老鼠》上看到的圣诞节，永远是窗外冰天雪地，屋里其乐融融，壁炉被装饰上圣诞袜，街灯被霓虹灯点缀着，整个世界氤氲着温馨与暖意，没有罪恶或痛苦。

在圣诞节和平安夜，唯有爱与和平。

我希望一切节日都能带来相同的作用与意义。真正让众生的内心快乐，忘掉什么，想起什么。

其实，我也对自己产生了疑惑，感觉自己怎么这么脆弱，这么敏感。当然，性格多面，感情丰富，自己深知。

如此容易获得温暖，是不是经历太久寒冷了？如此容易获得幸福，是不是太久未曾临幸快乐？还是对现实不满，在一个不太现实的日子里触及到自己渴望的现实？

我认为自己没有那样无助与迷茫。

我承认，近来是发生了许多不尽人意的事情，自己心情亦不好，甚至自信心也越来越脆弱与单薄。

但我现在觉得，没有什么，一切都没什么。如果有不如意的地方，切莫逆来顺受，切莫自甘漂流。无论如何，要努力，要积极，要拼搏，要尽人事，要尽力改变。到最后，会发现，一切真的会按你想的而改变，你渴望的一切均会发生，你的负担终将变成礼物。

这个世界，值得你更好地爱。

每一次拼搏的经历，都是享受的过程。
且值得珍惜。

每一次拼搏的经历，都是享受的过程

每一次拼搏的经历，都是享受的过程。

大学军训，请让我的青春更加无悔。

北京电影学院军训的地点在香山的一所部队里。进入部队院子，从巴士车上迈下，踏在坚实的地上，脑海里便浮现出曾经高中时代的我。当年军训，也是在这样的季节，也是这样的岁月，怀揣着对未来的憧憬、对未来的企盼，迈上了人生的又一高度。

迎着略微凛冽的山风，任思绪在回忆中徜徉。高中军训时，我是怎样的情感状态？忆往昔，中考后漫长单调的暑假，是那样的平静祥和，唯一惊恐的音符即是对军训的臆想。恐惧了近三个月，慢慢地就淡了。所以，高中军训开始时，我的心情和现在仍旧存在微妙的差异。虽然微妙，但差异仍旧是差异。

我已经不会对注定要发生的事物产生丝毫波澜了。

伫立在长长的队列里，凝望着天上的某个消失点，内心无比平静。

我清楚地知道，在将来的数日，一定会发生些什么的，一定会的。该来的，就来吧。

军训的过程，是锻炼我们，磨练我们，鏖战我们。军训的目的，是提升我们的外在形体与内在心灵，同时大幅增加日常生活的幸福感。在这一切结束之后，使我们更加坚强，让我们感觉生活无比美好。

就是这样，没什么意义非凡深奥冗长的。

每天我们的生活是这样的：六点起床，过十分钟集合，出早操，回宿舍，整理内务，吃早饭，上午训练，吃午饭，午休，下午训练，吃晚饭，回宿舍休息，晚上训练，总结，洗漱，睡觉，十点熄灯。期间穿插练歌。

当每日躺到无比坚实的床上时，总是莫名认为一天过得好快，而在真实的过程中我却无丝毫类似想法。原因何在？究其本质，是因为一天内我的行动单调，所以才会在回头时感觉时间迅捷。

其实这也说明了另一件事。回首向来萧瑟处，归去，也无风雨也无晴。

曾经，你所经历的，不论好坏，都不算什么。

军训，不只是肉体上的沉重紧张，更是精神上的高度密集。要知道，你自认为的诸多小事，在这里皆是可以产生重大影响的宏观事物。精神上的压抑，使人愈发透不过气。

高雅要以低俗为基础。与之相似，对抗内在精神，常需要外在事物的辅助。就好像人在失恋时，为排解幽怨，大都饮酒，实际上酒并无主导作用。你的潜意识认为喝酒后一定可以解忧消愁，这才是主导。

清楚地记得，有一天吃过晚饭后，我跟随“小小值日生”队伍返回，路上放松自在地随性走着，信马由缰。不经意间，望见从地平线腾起的赤色晚霞，吹拂着傍晚凉爽的风。蓦地，不明缘由，竟哼唱起老鹰乐队《witchy woman》。那时，只觉头上闷热的迷彩帽破裂为碎片，飘散开去。

当时，我想起了一句话：春风沉醉的黄昏。

军训中，我遇到了许许多多优秀闪光的人，风华正茂、神采奕奕的同学；英姿飒爽、刚直不阿的教官；才高八斗、入微体贴的老师……感谢所有人。我想对你们说：你已经存在我深深的脑海里。

经过军训，我感觉，一切困难都没什么，一切都没什么。不论在白天发生什么，都无法阻止我安然入睡。

在任何时间，任何空间，发生任何事情，都磨灭不了我对美好的追求，对幸福的渴望，对理想的执著，对自由的企盼，对人生的梦想。

最后，坐在返回北京电影学院的巴士上，我遇见了一个似曾相识的声音。

“每一次拼搏的经历，都是享受的过程。且值得珍惜。”

某日，站军姿，面对毒辣的阳光。

若选择照耀，请更加炽烈。

若选择迎接，请昂首前行。

062

所处的环境并不完美，它并不与我美好契合，
但我正努力适应。

相信，一切会更好

古人云：自古逢秋悲寂寥。悲伤寂寞许多年，已经习惯。

但近来的时日却让我更加难过忧愁。其实没有什么特别的事情，也没有什么特殊的原因，只是有许多许多的琐事缠绞心头，又没有什么称得上的喜悦。许多想念的人也不在身边，得知许多兄弟过得并不好而我却无从相助。本来萧瑟的秋天就会助长悲伤暗淡的情绪，落叶飘摇，更雪上加霜。

其实说真的，近来虽并没有什么值得高兴的事，但也没有什么让人悲伤的事，我的情感波动也不是秋天惹的祸。第一，许多烦心事；第二，许多想做却没做的事。这虽算不上坏事，但想起来常常让我感到难过。

近来，心绪一直不佳。每当夜晚，常常蓦地想起老鹰乐队的“伤心夜”，这大概是老鹰乐队第一张专辑里的吧。

午后，于校园内闲逛。昨天晚上，无意间在抽屉中瞥见一块手表，睹物思人，这是我姐送的。好久没联系，立即打个电话，信号奇差，告知我姐明天再打。而现在闲来无事，遂拨号。

姐姐与我互相寒暄几句过后，开始抱怨她好久没逛街了，代购是没有快感

的事。而现在又生活繁忙，无暇血拼。我说我也是。

之后，我们聊起了近日彼此看到的各种漂亮衣服。我与一般的男孩不同，我非常喜欢潮流，异常精通时尚，超常热爱逛街。我姐，比一般女生爱这些一万倍，所以我们逛街总能逛到一起。

在与她的交谈中，我渐渐觉得自己产生了某种变化。终于有人一起分享心中共同的爱好了。我们回忆了很多，畅想了很多。“这件衣服吧，品牌识别度不高……”“但是，它的设计好啊……”“设计好上身效果不一定好……”“嗯，也对哦……”“其实也不一定……”“但还没有GIVENCHY的小鹿好看啊……”“小鹿斑比臭大街了，印花才是王道。”“是吗？我觉得它家的印花没有VERSACE的优雅呢……”“要说优雅，还得是MCQUEEN。”“对对，麦昆麦昆，那个戒指包……”“对！那个范儿我也超喜欢。”“啊？老弟你可别吓我……”

这个电话持续了半个多小时。

从一系列交谈中，感觉自己的眼睛好像睁开了，原来面前的薄雾消散了。

听不到周围的嘈杂，见到自己的影子从斑驳的树影中脱离开来，在地上跳舞。

我感觉到了冬日里的暖阳，那是好强的一束光，射在我脸上和心里。我感觉到了心脏的搏击和血管的蓬勃。我感觉到了肌体内每一块肌肉的存在和血液的流动。我感觉自己无比坚实地站在地面上。许多天我没有说我想说的话，没有做我想做的事，没有进行真正的表达。

我为之一振。

之后，这天晚上，我叫一个朋友来喝酒。我们经常见面，但仍然喜欢常聚。没有为什么，兄弟。

席间，他忽然向我问起关于跑车的事。我很懂车，这是老同学众所周知的事。

当时，我有与中午相同的感觉。我感觉自己一下子坐直了，一种激动与惊喜冲上脑际。它好似长久阴云过后的阳光，许久闷热之后的清风。

我说：“扎西（朋友外号），你知道多久没人问我车了吗？”这个问题不需要任何答复，我在问自己，在提醒自己，在感慨喟叹。

所处的环境并不完美，它并不与我美好契合，但我正努力适应。

在接下来的滔滔不绝中，我说出了太久没有机会说出的话。已经太久没有说我喜爱的东西，没有谈论甚至单纯表达喜欢的事物，没有考虑，没有挥洒，没有喷薄，没有好好享受。

我相信，一切会更好。

繁华带憔悴，憔悴有繁华。

杨柳岸，晓风残月。

此去经年。纵有万种风情，又与何人说？

积极，拼命，团结，奋起。

精神

时至今日，总觉得周遭缺失了一种精神。

在大学，运动会临近，报名人数寥寥无几，而所有人都感觉很正常。当我经历后，亦渐渐感觉很正常。

不禁想起我步入大学以前的日子。当年的运动会，不参加项目，是什么？耻辱。

当年，人不是自己的人，是班级里的人，是学校的人，不行都得行，不上都得上。

小学初中高中十二年，除去初高三六月毕业，我经历了十次运动会。运动会，那是最开心快乐的两天，最无忧无虑的日子。整整一年，就有那么两天可以心安理得地在学校中，远离学习，拥抱生活，释放生命。

什么是运动会？

积极，拼命，团结，奋起。

每次运动会，已毕业的同学，不论是考上北大的，还是没考上大学的，都会回来。他们的表情可能不一样，但他们都会回来。

不是所有人在凝望往日时都不后悔，但此刻他们见到如此生动静止的时光时都会百感交集。他们的脑海中会闪出许许多多的情感，而区别，只是最后的基调。

在我眼中，所有人在凝望着教学楼时都会露出深深的微笑。不论这微笑是苦涩还是满足，都饱含情不自禁与真挚。

这次运动会，我也回来了，望着曾歇息过无数次的看台，踏在曾洒下汗水的跑道上，不知是感慨多年的努力，还是怀念过去的日子，眼眶竟有些湿润。

正如过去的一切经历。你问我，这些，是什么？这些，你如何评价？这些，你作何感想？

我说。

这是过去的日子。

这是过去的我们。

这是我美好而有意义的青春。

我敢这样说。

在我的学生时代，运动会让我体会了什么是精神，那是澎湃着青春的激情。我认为，对所有未来或已来的主人公，这是最重要宝贵的精神，最满怀意义的青春。

站在操场上，我听到了发令枪响，男子一百米开始，参赛者从我身边急速掠过。

我对自己说，我对所有人说：奔腾年代。

你们，将成为亲历者。

坚守自己内心与心灵的净土，并因此无上光荣。

真正拥有

什么是拥有？

迷茫了。

最近，越来越感觉许多你认为无比坚实地属于自己的事物，仅仅因为轻微的变故，很容易就会化为乌有。总觉得许许多多的事物变得无比脆弱。

在这大千世界，有什么是真正属于自己的？恐怕只有耳得之为声，目遇之成色的山间明月吧？

的确，许多东西也并没有灰飞烟灭，只是不再属于你。可是，对你来说，这与灰飞烟灭又有何异呢？秦皇汉武又何尝不想享受自己的万里江山，可是都仅有那么几年而已。万里长城今犹在，不见当年秦始皇。在今天，长城，也只是被无以计数的与秦始皇无关的游客仰望或践踏而已。哪位君主又不如是呢？妄图以仙丹神药延年益寿的王侯将相，恐怕尚不如华清池中的游鱼长寿。

何其悲也。

那么，就好好享受现有的一切吧？但，“现有的一切”又怎么不需要提前拥有？“好好享受现有的一切”已经不易做到，而就算做到，在你享受的过程中，欲望只能缓解，很难平复。当你拥有“现有的一切”，你继而又会渴求新的一轮“拥有”。压制欲望的正确方法，需要在这一系列过程中，调整心态，尽力减低对同类别事物的奢求，挖掘并提高对拥有事物的满足感。

这不是易如反掌的改变，甚至可能你在想这一事物的好处时，变向发现缺点，转而觉得未曾拥有的事物更好。由此愈发增强了对奢望的渴求。这都是可能的，因为这是再正常不过的。

那该怎么样呢？其实，想来想去，真正能被你拥有的东西，少之又少。

在这少之又少中，最重要的是：第一，个人对某一技艺的掌握。人们常说艺不压身，其实就是同样的道理。当你有可以相伴一生的技艺之时，技艺也会使你一生受用。而当你化为一抔黄土，你曾经的技艺同样随风而去。不被其他任何人占有，不论你想还是不想。但，当你在生命的日子里遭遇不论任何事物时，你的技艺一直都在，这是内在的东西，这样的技能是最难以改变的。人的灵魂和品性会改变，技能可以掩饰，灵魂不能掩饰。不过技艺是变不了的，拥有就是拥有。第二，思想和灵魂。当然，我是指美丽的思想与高尚的灵魂。他们并不应该是一时三刻地以此状态存在，而是应该时时刻刻，不阿谀权贵，不屈服暴力，不溺于世俗，不为外界所干扰，不为内心杂念所动摇。

坚守自己内心与心灵的净土，并因此无上光荣。

当下，于此处，荣辱不惊，悲喜不言。

不必重来

人的回忆似一个定格的世界，这个世界属于过去。

过往中，无论多么干涸麻木，总会有一些存在特殊意义的事情。

忆往昔时，总会出现许多值得回味的事情，而你会考虑在回忆过后，做些什么。

我曾经常如此。

但我发现，许多值得回忆的事情，没有必要重新经历。

很多事物，充满了意义，值得品味，但它只在回忆时有意义。

原因何在？

回忆时你只回忆了事物美好的一面，而忽略了阴暗的一面。因为，只有给你影响非常大的一面才能从记忆库中迅速调出，之后你便沉浸在重新体会这往昔“影响”中，难以自拔，回味并憧憬。与此同时，便忽略了事物的其他组成部分。

另外，在其中，甚至有些是当年的傻事、错事。但却是真实的现实，青涩的经历，它们隶属于那些年。

从某种意义上来讲，任何经历都是有意义的，任何过去都是值得珍惜的。

不过，同样这也没什么，不是所有值得回忆与珍惜的事情都要重来。

070

“今天，是最后一次……”这句话常使人感慨万千，总会令人认为要去珍重什么。其实，很多事，连第一次都没有什么意义。

当下，于此处，荣辱不惊，悲喜不言。

不必有过分的情感喷薄。

不是不要留下，不是不要拥有，
而是不要忘记当时享受。

不带走一片云彩

夏季夏季，北京北京，骄阳似火，酷暑难当。

一日闲来，翻开相册，打算看看旧时岁月。于目之所及，回忆起的，只是曾经的重重事件，而对逝水年华的感受，淡淡的，轻轻的，好似潺潺的林间小溪，溜过去，无痕。

我们到了什么美丽独特的地方，或是见到什么有价值的事物，总是喜欢拍照留念。殊不知，其实什么“念”也没有留下。

其实，与拍照的意义相同，我们所做的一切，无非就是想留下似水年华中的美丽。而不论以相片，录像，或其他何种形式，留下了美丽，而后呢？其实，这种美丽是干枯的、瘪蔫的，只是单纯的记录，没有丝毫的意义。就好像澳洲的十二使徒岩，你费尽苦心、用尽设备，拍下一张精美绝伦的照片，其意义与购买明信片差别无几。

为何？比拥有更重要的是享受。

希冀留下似水年华中的美丽，便是渴望拥有似水年华中的美丽。但，留下、拥有曾经的美丽片段，又怎能体会当时的璀璨篇章。

只于，绝不是止于。

如画布。日后的怀想回味，永远只是润色、添彩。是时的感触享受，才为原色、底色。

你的相机中有再多的美景，它们都未曾留在你的心底，未曾被你享受过。而许多的美丽，回忆起固然亦饶有韵味，但都难以企及当时切身彻骨的坚实享受。

诚然，用自然景象举例子。如果你将其拍下，的确会让感动常在，让日后有凭吊的对象。但是，假如当时你丝毫没有感受景色，日后必会感觉缺少重要部分。回忆，也只能是黑白的回忆。

所以，不是不要留下，不是不要拥有，而是不要忘记当时享受。这样，你的相册才会真正色彩斑斓。

拍照留念，不带走一片云彩。

耳得之，为声。目遇之，成色。

任何也不能阻止美好，不能阻止追求美好的灵魂。

北京的秋

我知道伴随我的成长，北京有什么变化。

但依然想说，北京的秋是醉人的。

首先，想念那秋天的风。

北京的秋风，说凉爽不大合适。凉是一定的，但之中更夹杂着轻轻的刺骨与淡淡的凛冽。不过，这就是我所喜爱的，沐浴在这样的风中，感觉透心的舒爽与精神。

我喜爱寒冷，因为它使人清醒。今天出去散步，抬头看到了美丽的云，点缀在碧蓝的天上。对，碧蓝，真的是碧蓝。那是上午十点左右，风翻卷着，黄色落叶如蝴蝶般在天上翩翩飞舞。那时的天空，真的是碧蓝。

仔细看那云，层层叠叠，一朵一朵，在阳光的照耀下，呈现出斑驳的透视面与层次感。阳光下立体的云，这就是为什么“天高云淡”会映在心中的真理。

云朵的阴影处是黑色的，向光处是白晃晃的。这使得云彩好似远远的城堡，阴影好似壁垒下的瀑布，不规则的白云则是城堡和围墙中苍翠葱茏的植物。一片片云，嵌在蓝宝石般的洁净幕布上，好似天空之城。好久没有看到这样的景致了，我想。

其实，约摸好的瞬间也是有的，怕是自己无心观赏，抑或完全没有注意。的

better

life

ANGAHOOK
CAFE & STORES
GROCERIES TAKE AWAY FOOD FRUIT & VEG
Herald Sun
Sunday
COFFEE
BAR

确，最近，我遇到了许多问题，心情状态虽不至于跌入低谷但也是处于洼地。

但，这又有什么呢？一切都没什么，遇到问题，解决便是。遇到很多很多问题，一一解决便是。别害怕，别逃避，一切都没什么。

有时候，怕什么来什么。那么，来吧，什么都来吧。什么都来过了，什么都经历了，你就真正强大了。

即使北京雾霾再重，风依然呼啸。

蓝天仍在。

美好，依旧淋漓尽致地表达。

不管时光是斑驳还是苍黄，无论世界光明抑或黑暗。

谁也不能阻止美好，不能阻止追求美好的灵魂。

记忆深处的许多事物，
只是一刻的状态，仅是一瞬的感觉。

秋忆

秋天，陨落的季节。

有一些秋日落在我记忆深处。秋天，也有许许多多事物会落下，连人都会落下。情绪尤甚，情感亦然。

坚如磐石的大概也只是思想与灵魂吧。

我感觉，随着自己的成长，对很多轮回的感触与认知都会改变。

不是说变得更深更浅，更好更坏，只是会发生改变，总是会发生改变。作为最典型的轮回，季节就是这样。

从小到大，随着年轮的扩张，相同季节的来临与重复，产生的感情与意识是不一样的。比如小时候极其讨厌夏日，现在倒还可以。比如小时候不喜在冬天出门，现在出门对季节没有考虑。小时候感觉对季节存在显著的区分，而现在较为模糊，等等。都不是大事，却均为变化。

秋，却是例外。在心底对秋天的印象，不知为何，总是觉得秋天带给自己的感触是那样惊人的相似，甚至雷同。

我常在许多秋天的时日里感觉到浅浅的忧伤与哀愁，而且常常情绪波动起伏，且难以平复。

我没撒谎。我不知道原因，是不是因为万物萧瑟的景观？我相信，绝不仅仅是这样简单肤浅的缘由。转而思考，我认为，大致因为秋天的世界给我的触动比较大，而导致感情畅通敏感吧。

想一想，假若惯常如此也未必是坏事。深秋是给我触感最大的。深秋的街市上，人迹渐渐寥寥下来。当人和车少一些时，你会发现城市别样的面孔，我喜欢。

深秋的空气与风是纯净透明的。深秋的风，凛冽寒冷，淋漓彻底。我其实偏爱极致的事物，比如痛彻心扉的寒冷。在深秋的风中，穿着单衣，呼吸着碎冰般的空气，被这凛冽的北风包裹，你会感觉周身血脉被打通变得顺畅，有无数微小冰冷的颗粒涌入身体的每个角落。冰冷，却不只是冰冷。在极度的刺骨下，寒冷也成享受。它的本质其实是一种极致的触感，恍如置身于圣泉之下，接受洗礼。

记忆深处的许多事物，只是一刻的状态，仅是一瞬的感觉。

小确幸，失去了，才懂得珍惜，才懂得可贵，
才有应有的感觉。

小确幸与麻木的云

小确幸是指微小但能让人感受幸福的事物。这是一个我非常喜爱的词汇，来源于村上春树。

刚才出去跑步，跑着跑着忽然感到膝盖很疼，恍若身处高海拔，腿好似灌了铅般沉重。

当时我在想，Dear God，别让我的腿出毛病，我真的不想有任何变故了。当时还在想，如果我的腿真的什么事都没有，那该有多么幸福。

这，就是淋漓尽致的小确幸。但在我的腿没有任何不适之时，却没感到这是小确幸。

失去了，才懂得珍惜，才懂得可贵，才有应有的感觉。

这话大约人人都听过。我亦同样理解它的含义，曾无数次地尝试在失去前体会它的珍贵。遗憾的是，仅有屈指可数的几次体会到了那种独特的感觉。那感觉太美妙了。

你要首先放空全部思想，将自己抛入另外一个境遇之中，让自己感觉、

相信已经失去了现有的美好，感受那样的悲哀、痛苦、恐惧、怅然、迷惘。然后，将自己拽入现实，感知你刚才做了个可怕的噩梦，美好仍存，一切安好。

请体会享受如获新生般的喜悦满足，这里用失而复得来形容是欠恰当的。第一，本来未曾失去；第二，同样没有得到。不过，在一段时间的虚拟意识里，你的确失去了，而在另一段时间的虚拟过渡的真实意识中，你的确得到了。这一切，会对你的真实意识有显著的影响。虽然实际上你并没得到，但经过这一系列进程，你感觉不仅仅是失而复得，更是失去之后，得到更多。虚拟与真实的意识交替，如赤鳞狂舞，似紫凤放娇，相映增辉。

希望自己能够多体会如此感觉。膝盖疼痛，漫步。夜尚不深，还没完全黑下来。抬头，看到天上的云，竟与刚才如出一辙，一成不变。

麻木的云。

特别喜欢阴天，但只爱有如此颜色的阴天。

有颜色的阴天

今天，真是太美了。

我好想大声告诉你。

今天是阴天，早起。窗外，灰白色的天，好似浸了水的纸，飘着些许雨丝。楼下，柏油地面是那种好看的黑色。昨天夜里斜风细雨，吹落不少树叶，道路两侧，是黄黄的、浅绿的满天星。站在窗口，打开窗户，吮吸着夹杂着雨水的空气。

蓦地，感觉这情景好像国外，类北欧，似瑞典。

当时，真的感觉好美、好舒服，和那种天朗气清不一样。在这样的时间场、空间场中，好过旭日当空。

因为昨日庆功宴大醉，以至于今天仍感到头疼，微微有点儿恶心，一天过得不甚爽利。中午吃过两袋方便面，感觉舒服不少。下午，我下楼准备随便吃两口晚饭，一抬眼，窗外的光景使我为之一振。

天空已经不再是单调的灰色，灰色的天作为背景，颜色好像深了些，其中点缀着浅灰色的流云。在不远的天际，是一片橙红色的霞光，像一条飘带系在天上。我从没见过这么好看的景色，从来没见过这么好看的阴天。不知为何，特别喜欢阴天，但只爱有如此颜色的阴天。

而今，它胜过在挪威的海上看到的凌驾于巨浪翻滚之上的白芒；胜过在圣彼得堡的小餐馆即将登上机场大巴时无意间看到的淡淡天光之中的霞光；胜过在日本大涌谷穿着雨衣扶着木栏望见水雾沉沉、难辨天地的群山；胜过在德国的小旅馆旁边停靠的法拉利后视镜中映着的雨后的白色的天和路；胜过站在瑞典的湖边看到那灰白的涌动着的水。

从来没有见过这样美的景致。在这里，难以用语言形容，我只能大致描绘出这一幅我内心如此深爱着的图景，迎着袭来的凉风，感觉好似被沐浴。

以上，即为我感觉深切的阴天时刻，或许描绘得不够逼真生动，但却是最真切的体会。

而后，我打着伞与姥姥出门散步。在外面，看到了更显深绛的天空，更加橙红火色的霞彩。忽然，我还看到了彩虹。

那彩虹好似一道半圆形的拱门，从遥远的地平线升起，而又在遥远的地平线落下。她是那么的巨大而修长，那样的色彩明丽。小雨戛然而止，她又是那么的清新、无暇。那一瞬，真的痴醉，呆立在它下面，抬头看着。多少年，都未曾见过这样大、这么漂亮、如此梦幻又现实的彩虹了。

今天，是令我感动的一天。

体味到的是格外的美。

美好一直都在。
阳光在我没看到的地方。
一束流光溢彩的刺眼。

阳光

时间过得真快。

时间是个很独特的事物，又是很自然的事物。不论发生什么，经历何种变化，时间仍旧以它单一的步调平稳前行。

真的没有什么感觉。既未能察觉，亦有些不相信冬日已经来临。在我的脑海中，感觉最近出门好像只穿一件帽衫卫衣就好，却满眼尽是鼓胀的羽绒服。

冬天来了，阳光少了。虽然我不精于地理，但冬至后白昼变短还是略知一二。每天早上起来，在黑暗的房间里，摸索着拉开窗帘，是更黑暗的幕布。黑暗之后还是黑暗，的确不易于美好心情的表达流露。

可一切还会继续。许多不为你喜欢的事物该依旧还会依旧。你的心情左右不了它，唯有你的努力可以动摇它。

坐车上学。吃过早饭后，天的颜色渐渐变化为浸过水后的蓝色布幔。

感觉这一切的一切睡意尚未退去，仿佛带有挠钩的潮水，挂在黎明前的宇宙中。

堵车。车慢慢地晃入一片建筑物中。忽然，眼前的景色变了。

在高楼林立的某个缺口中，有一束巨大的柱状金光乍然惊现。这光，闪耀得强烈刺眼，却也闪耀得美丽。

它与周遭的晦暗是那样的格格不入，仿佛旧的环境妄图阻止什么，但这金光中亦翻滚燃烧着一种古老神圣的渴望。它就是要进来。它进来了。它就是进来了。它不能离开。它不会离开。

而在它的金芒跃动下，近处景致是淡淡的金色，远处景色则披覆了朦胧的蓝色，感觉一切被注入了新的灵魂。

近日，感觉自己的情绪一直处于一种近乎低迷、消沉的暗雾中，总是感觉周身劳顿，冲劲缺失，勇气不足，无力积极。而当看到这片金色时，当知道太阳就在我还没有看见的地方时，当看到这一切在阳光烈焰下变得美丽时，强烈的光柱射在脸上，闭起眼睛，恍若无数个金色的粒子在面前氤氳。眯起眼眸，回忆，搜寻，畅想，许多许多。忽然感到，这世上还是有美好的，以后还会有更好的。只是可能不经意错过了，抑或还未到来。

须记，美好一直都在。

阳光在我没看到的地方。

一束流光溢彩的刺眼。

日薄西山，雨过河源的不只是山之朝暮。

蝌蚪

上海，真可谓东边日出西边雨。开车穿行于环路，一会儿是倾盆大雨，一会儿又是艳阳高照。

即将回到宾馆，无意间瞥见路边被弃的水瓶，竟然回忆起了一段往事。

是很久以前了。大约上小学时，一次，随父母去香山公园闲逛。公园里有个眼镜湖，湖里许多蝌蚪在游弋。正值周末，湖边很多小孩在大人的帮助下抓那些蝌蚪。当时的我，感觉没有理由不抓。所以与许多同龄人一样，抓了满满一水瓶。瓶内，尽是黑黝黝、密麻麻的“他乡之客”。

日薄西山，雨过河源，我也准备返回。这时，忽然看到一旁的山石下，草木旁，是满满的两大瓶蝌蚪。与此同时，一位拾荒者风风火火赶到，然后打开水瓶，将里面的水与蝌蚪倒在地上，带上空瓶离去。最后，唯见蝌蚪处于风火之中。

站在那里，木讷的我，也不知该做些什么。耳畔传来人们的议论纷纷，多是在谴责这个没爱心的拾荒者。

不管别人说什么，我有着自己的体会。

某个小孩体验完“捕猎”的乐趣之后便兴尽而归，某个拾荒者只求所需之后不管其他，周遭的本该起监督作用的群众只是袖手旁观。小孩抓蝌蚪之后应该善始善终，或饲养或放生。拾荒者带走水瓶时应该顾及蝌蚪死活。围观的旁人应该有正确的判断和行为。

几个蝌蚪的死恐怕对这些人没有什么影响，也引不起丝毫波澜。每个人都为了自己的利益而放弃一己私利以外的事物，每个人都只做了“本分”中能带来益处的那一部分，何其悲也。

日薄西山，雨过河源的不只是山之朝暮。

问君曾忆往昔事，
今夕已过少年时。

虫

年少不知愁滋味，一任阶前点滴到天明。

我九岁那年的夏天随父亲到乡下拜访亲戚。亲戚家是个小院，院外便是夹杂着山丘的菜地。当父亲与亲戚扇着蒲扇聊天时，我总是喜欢去外面的山丘上捉虫子。

一出亲戚家的院门，抬头，便是湛蓝深远的天空，上面还有如几朵蚕丝般细腻的云；呼吸，即是清新甜润的空气，其中还夹杂着青草的味道。

将褐色的草帽轻轻扬了扬，赶走面前乱舞的蜜蜂，棱角分明的帽檐几次碰到了年少时柔软的头发，迎着毒辣的太阳，沿着发髻滚落几滴豆大的汗珠，落在地上，即刻被高温蒸腾。不过，再热的天也阻挡不了激动的心情。那些年，极其爱去乡下探访这位亲戚，只因每次我都可去他家附近捉虫子玩。

那些山丘上，都被及人高的野草覆盖，用小手握着根木棍，拨开杂草。我走在草丛中，左顾右盼，竟然什么生物都没发现。这时内心十分忐忑，因为假如一只虫子都没发现，肯定就抓不到虫子了，这个炎热的下午就将无聊难耐。当时那个孩提时代的内心，便是如此简单幼稚却真实的可爱。

这样在烈日下搜寻着，感到脖子上的汗珠正在顺着身体下滑，那种感觉令全身发麻。忽然，我眼前一亮，终于有只虫子映入眼帘：只见一只绿油油、肥大的油蚂蚱伏在一片肥大的菜叶上，正在大快朵颐。看到这幅画面，刚才的疲劳感顿消，仿佛有一股强大的能量重新注入体内。我立刻弓下身子，先放下左手里的拐棍，再放下右手用来装虫子的盒子，慢慢地接近那只大蚂蚱栖身的菜叶，缓缓地踱着步子怕惊飞了它。而这只虫，竟然对我这个不速之客的到来好似丝毫没有发觉，仍然大口地咀嚼它的蔬菜佳肴。

看到如此情景，我十分欣喜，莫非此虫醉生梦死，丝毫没意识到我的靠近？于是我停下正在慢慢移动的脚步，站定，身体前屈，双脚叉开，眼睛却死死地盯着那绿色的目标，准备来个“饿虎扑食”将它牢牢地按在掌心中。此时，再待看这只大虫子时，它头上的触角仍在享受似的一动一动的，仿佛风中的柳叶。认定时机成熟，便双腿蹬地，只感觉肌肉收缩，便纵身扑过去，满以为这已经如瓮中捉鳖般容易，探囊取物般简单，却只见它顷刻间觉察到我，竟忽然张开一对绿中带红的翅膀，迎着阳光，恍若一面扇子般迅速起飞，逃出生天。而我扑了个空，只落得手掌中空空如也，胳膊上的点点黄泥。“啧……”我不禁发出了这样的声音。即起身抬头，看到这只肥大的蚂蚱落在了旁边一个长满蘑菇的树桩上。它的触角还仿佛弹簧般地一动一动，那样子，既像胜利后的小憩，又似嘲笑我的笨拙。

“竟然这样！”我自言自语到，随即又转过身来，伺机而动。

可是，接下来的一切却令自己一筹莫展。我刚一动，它立即翅膀微张，做欲飞状，因此令我不敢轻举妄动。本打算这么僵持一会儿，待它放松警惕再擒住它，但是这个小生灵却变得机警起来，小小的黑眼珠俨然注意着侵略者的一举一动。

没有别的办法，只能“利其器”。这样想着，拿出预先准备好的小抄网，慢慢地踏着小碎步走近，此刻感到真的相当热，后背已经些许湿润。还记得那时我是个讨厌出汗的孩子，除非这件事可以给予自己足够的快乐。

应该是感觉我走近了，它马上收缩带刺的后腿，准备逃走。我手疾眼快，立即挥动抄网，只见一个绿色的影子兀自扑棱于网中。

当时的我，没有什么太多复杂的词语可以形容那时的心情，唯有开心，就像意外收到一件喜爱的礼物。我把这只油蚂蚱放在了透明盒子里，然后往里扔上几片刚摘的树叶，又开始继续前行……

傍晚时分，我站在田间小路上，迎着火红的夕阳举起一盒子战利品，有各种颜色的蚂蚱、蛐蛐、毛毛虫、瓢虫……出了好多汗，一道道顺着胳膊流下的灰绿的渍迹，还有洋溢在脸上快乐、满足的笑容。

一般到了这个时候，便不得不往回走了。垄上，小牛犊摇着尾巴跟着主人回家，牛铃阵阵；溪边，孩子们拉起捉鱼的“迷魂阵”互相攀比战利品，笑声朗朗；路边，大黄狗驱赶着偷食的野鸡，鸡鸣片片。走在田间的小路上，随手摘个水果塞在嘴里，抬头看着西斜的太阳和绛色的云，感觉惬意非凡。

而如今的我已然长大，忆往事，总会想起那烈日炎炎的酷暑奔走于田间的身影，那满头大汗弯腰捉虫的孩童。

一曲稚嫩无瑕的旋律，一篇多姿多彩的文字，一段可爱青涩的岁月。

那段捉虫的日子，那段往事，是留在我心底最美的风景，是藏在我心底最棒的宝贝。

而今，每当经过郊外时，看着绿油油的麦田，望着黄灿灿的玉米地，我都会隐约看到，有那么一个孩子，站在比自己还高的草丛里，拿着抄网，快乐地跑着、笑着……

问君曾忆往昔事，今夕已过少年时。

你们，过去的人。

我记得你们的如花美好，宽恕你们的滔天罪恶。

过去的人

那天无意间翻看手机通讯录，发现竟然有那么多人。通讯录里，大约应该是需要联系的人，或经常联系，或有时联系，或偶尔联系，或永不联系。

他们，很多都是过去的人。

写这篇文字，本想起名“过客”。但，在过去的流年里，很多人并不是“客”，我不想让他们成为“客”。我如是认为，无关他人。

看到那些名字，不禁产生几分回忆，但回忆这个东西很怪。回忆时，除了特定的人和事，往往只会想起幸福相守的快乐和痛彻心扉的悲伤。平淡的，抑或不大特殊深入的，就淡了。

而自己，比较特别。我这个人，重感情，重情义，重别离，且多愁善感，常常垂涕。在我深深的脑海里，不论是相互还是单厢，大多只是快乐，淡了的，是心痛。

你们，过去的人，如今，我可以轻松忆起快乐，轻松忆起你们的好处。若同他人谈论，我也只会说起你的好。

但是，你的缺点过失、你的内心丑恶、你的狗屁不通、你的不负责任、你的不通人性、你的不通情理、你的虚伪嘴脸、你的衣冠楚楚、你的党同伐异、你的不知回报、你的不懂感恩、你的利益至上、你的道德沦丧、你的不择手段、你的禽兽不如、你的无所不为、你的罪大恶极、你的擢发难数、你的罄竹难书，依然在那里如毒瘤般存在着，有增，无减。

你们，过去的人。我记得你们的如花美好，宽恕你们的滔天罪恶。

你们，过去的人。在记忆花园里，你们都是好人。但在现实田垄上，你们是什么就是什么。

许多事物都已与你无关，
却仍会牵动你的心。

最美的年华，最好的自己

一日闲极无聊，打开手机，登陆人人，忽然发现母校取消艺术节，缩减运动会。顿觉十分失落。

其实，这些与我又有什么关系。早已毕业，远离了校服的海洋，无缘了蓝白的土地。

许多事物都已与你无关，却仍会牵动你的心。

当下中国，学校越来越着重于学习，越来越干涉学生的生活。而在这背后，会影响学生年少蓬勃的心灵。千万不要认为我的话过分偏激，潜移默化的影响的确如此巨大。

当学生变成只会学习，只认为学习重要的生物时，一生最精彩的年华便黯淡了。他在年少再无美好的回忆。

我知道你会如何反驳。单调的努力学习无法成为回忆的全部。学校注重什么，不必多说。但你应该明白，学生的成长最关键的是心灵的成长。好好学习，天天向上，不仅仅是学习的向上。

如今，对于幼升小小升初中考高考，我已身为过来人。

未来的过来人，我想告诉你们，你们要把握好最美的年华，最好的自己，无论外界怎样。

你们知道吗，你们未来不会再有的种种节日，非常想念你们。

你们知道吗，其实在一个人长大以后，不管地位如何，成就大小，他最牛逼的时刻，可能就是足球赛上的一脚怒射，篮球赛上的奋力一投，红跑道上的前扑撞线。她最美丽的时刻，可能就是文化书市的拉拢推销，运动会上的拼命呐喊，模特大赛的嫣然一笑。

人的一生很短，这些瞬间的画面，其价值与意义或许真的大于日后的功成名就。

给渴望的灵魂，创造舞台。

青春无悔。

且要让它尽是色彩斑斓的回忆。

桑榆残风纤月冷，烟雪长空玉兔寒。
望穿秋水盼君归，徒羡骊宫不了情。
星沉海底空眺远，雨过河源翘首盼。
琵琶瑟瑟孤鸿起，长笛悠悠锁空楼。

第三章

千万次摇摆，才能长大成人

SOM

Sometimes It Lasts In Love

LIKE

YO

ONE

But Sometimes It Hurts Instead

100

千万次摇摆，才能长大成人。
其实，我们都不想长大。

不愿长大

我不想长大。

当今，怀旧已成为潮流，原因何在？不想长大。

千万次摇摆，才能长大成人，如果可以，不要长大。

再各自“牛逼”的现在，也比不上一起“傻逼”的曾经。

的确，长大也好，也不好。

现在感觉，高中之前，幼儿园、小学、初中特别好。

当年，没有同学间的不正当竞争，没有对老师的过分思虑，没有斗殴小伙伴，没有跳楼美少女。

那些年，还没有一起追过的女孩，只有一起偷看过的女生；那些年，还没有一起下载过的女孩，只有一起偷拍过的女生；那些年，还没有一起相爱的女孩，只有一起暗恋过的女生。

那些年，有香菇丝，有泡泡糖，还有牛羊配；那些年，有街霸，有拳皇，有忍者神龟；那些年，有宠物小精灵，有各种奥特曼，有蓝猫淘气三千问；那些年，有足球，有篮球，有扣小篮；那些年，有红领巾，有春夏秋冬游，有小孩打架不记仇；那些年，有ABC，有匆匆，有小数乘法；那些年，有上课说话，有上课睡觉，有请你的家长来一趟；那些年，有植物园，有动物园，有山有水有河流；那些年，春有虫，秋有叶，夏有西瓜，冬有雪；那些年，想要的，都是该要的，都是有用的，并且都实现了。

那些年，都很简单；那些年，都很单纯；那些年，都很纯洁；那些年，无忧无虑；那些年，自由奔放；那些年，清风拂面；那些年，享受成长……

写下这些稚嫩平白的话语，以此缅怀回不去的过往。

千万次摇摆，才能长大成人。其实，我们都不想长大。

没有任何理由、任何条件，必须好好学习。
因为这是那个年龄阶段应该也是必须做的事情。

我的求学

我的母校是育英学校，我在这里度过了短暂如白驹过隙又冗长如蜗牛踽踽的十二年时光。小学六年，初中三年，高中三年。

这些日子，短暂的是当高考结束时尚且感觉只在这里停留了一段时间而已，冗长的是在这里上学的每一天都十分漫长并充实。总之，当这十二年过去的时候，我对这十二年并没有什么漫长之感，唯感觉是度过了一个阶段。

回想这些岁月，我的确有一些想表达的情感。

首先是小学。

当年，年幼的我常常问自己一个问题：我爱上学吗？我的内心没有回答我，我的外心也百思不得其解。于是将此问题问了许多同学，得到的答案大约都是：不知道，还行吧等等诸如此类。最后，自己悟出了一个正确的道理：我可能不爱上学。虽然不爱上学，但我知道必须去上学。

后来到了二年级，我又悟出了一个正确的道理：我要好好学习，争取有好成绩。

最后到了六年级小升初，当时我已经不问自己爱或不爱上学了。因为我当时大概明白了许多人都不清楚的又一个正确的道理：我是学生，学习是我的职责所在，我必须好好学习。

人们对于过去的日子总是记住了其中最苦涩痛心和最惬意享受的，而愿意表达出来的一般为后者。

小学时，最盼望的就是周五，因为周五电视有《迪迦奥特曼》播放。平时最开心的就是计算机课和科学课，因为计算机课可以打游戏，科学课等于聊天。最爱吃的就是糯米丸子、孜然蒸鸡腿和火腿豆芽汤。仅此而已。

小学，是最无忧无虑开心阳光向上的。那段日子，是阳光灿烂、笑口常开的日子。

以前从没吃过月饼，因为不太喜欢它的样子。第一次吃月饼就是上小学时一次中秋节学校发的月饼，那天因为午饭太难吃所以只好吃了月饼。而后至今，再没吃过那样好吃的月饼。

其次是初中。

从小学升到初中，我欣喜于三件事：第一，不让小学生参与的文化书市我终于可以去了；第二，六年级时看到的一个挺漂亮的初中女生肯定更容易看到了；第三，食堂终于把菜和饭分开盛了。

初中的我被分到了最棒的一个班，文学素养班。当时凭借我的文学天赋得以进入，后来班主任刘老师每天抑或拖堂抑或放学不让回家给我们讲人生哲理，在最忙的初三时依然如此。后来，我终于体会到了这些话对我的巨大益处，它们真的令我受益匪浅，并让我终身受用。

在学习方面，我为自己而自豪：不论成绩，我从来没有怀疑过自己；不论什么阶段，我一直好好学习，心无旁骛。

没有任何理由、任何条件，必须好好学习。因为这是那个年龄阶段应该也是必须做的事情。

没有功利目的地去做一件事，往往会得到最好的结果，正如初中的我。

最后高中。

高一开学的第一天，我就对自己说：三年的努力已经开始了。

而后便开始了九天的军训，没感觉太累，不用学习真好。我就是这样，即使是不喜欢的事情，必须做时也一定尽力做好。

上了高中，深刻体会到了自己已经是大人了，要为自己所做的一切负责。

在这三年的各个阶段里，我的内心世界经历过各种各样的打击与波澜，情感思想也承受过成千上万的变故与锤炼。总之随着年龄的增长，遇到的问题与麻烦也越来越多了，起初我对此十分回避，而后敢于直面。不管遇到什么，我都告诉并提醒自己：注意内在外在的安全，学习永远是第一任务。

很多事情分阶段，但自己为此的无限努力不应分阶段。

回想自己这么多年，最最满意的就是我一直都好好学习，且不懈努力，每一天如此。到了高三的最后阶段，大概是有些难以坚持了。

但我仍没有停下脚步，因为我就想感受努力学习的乐趣，体会放手一搏的快感，享受每一次挑战的幸福。

高三最后，我领悟出一个道理：生活，因努力而精彩，因奋斗而快乐，因拼搏而幸福。

无分时间，无论风月，无关阶段。

是金子，在哪里都会闪光。

忆高二

高二分班，本以为只是微调，却未曾想到将所有班级打乱。听到这消息时，我着实感到十分意外。虽然不算晴天霹雳，但的确为之一震。同学们也都感到惊讶，学校的确不应此时做出这种行为，因为这会使我们高三的初速度减慢。

但这是事实，无法改变。

说真的，我对班级不舍，对老师也不舍。

当天，也就是前一天，百感交集。好像站在森林的中央，有各种风从各个方向吹来，各种情感的风，将我几近吹晕。同学们意识到即将可能分开，坐在座位上，没人说话，有些人用纸巾抹着眼泪。老师也流泪了，我的班主任在我眼中一直是个不会哭的人。

老师感到，假若她不走，便是没人走了。于是，老师揉着眼睛走出了高二三班。

坐在后面的女生拍我，说假如分开会想念我。此人平均每节课打三个哈欠，四个喷嚏，在前天将感冒传染给我。我意识到日后可能在课上听不到如此响亮连续的喷嚏了。我说在我想擤鼻涕时可能只能用自己的纸巾了。

在教室后面，我的好哥们之一张昱乾，跟我拥抱。他把我抓得很紧，当我从侧面看他时，才发现他哭了，然后我的鼻子一酸，将他搂得更紧了。在我的印象里，从小学到高中，我没见过他哭。

然后我站在窗边，看着窗外绛色的云，发现李明宇和王雪儿也在旁边。

后来我去了办公室。

迎面语文李老师走了过来，我想说老师谢谢您。但当我真正出口时，刚吐出“老师”两个字，就哽咽了。然后李老师拍着我，说：“又不是以后不见了，有问题还问。以后在高三该说你还说你。”我当时没克制住泪水，滚烫的泪珠滚落，朦胧了眼帘。我的语文李老师是个很有水平的老师，她的观点常常使我心服口服。

然后是物理课。这是郑老师给我上的最后一节物理课了。我舍不得这位敬业的、有性格的、有特点的老师。他的敬业精神令我十分佩服。课上，坐在第一排的我还是依旧与他开玩笑，调侃他。他也依旧不生气。但是我却有点想哭。郑老师常常让我好好听课，但我这节课没有。这节课，与平时无异，只不过刚上课时课代表给老师送了个巨大的轻松熊。课结束时，老师让我帮他拿摄影机架。我没去，我怕在路上哭出来。然后我想去办公室找他，但没找到。他的水瓶也不在桌子上，假如在的话，我仍会把水瓶藏在电脑后。

我的物理郑老师，给了我很大的帮助，并改变了我的物理学习方法。我很感激。

下楼了，走了。学校花园里有很多同学和年级组长Linda。

周一，就知道自己究竟和谁在一个班以及被哪些老师教了。我希望……

其实人是要学会适应的，纵使现在不需要适应。

在高二，我喜欢所有的同学和老师，谢谢你们给过我的帮助，也请原谅我的过失。

好朋友，不需时时在一起，只需刻刻心紧连。

是金子，在哪里都会闪光。这句话送给所有人。

春去夏来，早晨的阳光虽不再像金色蝉翼般朦胧，却如淡色羽翼般清晰。

不论什么时间，什么地点，什么情况，
只要见到您，我一定会停下脚步，对您说：老师好。

致我的老师

老师，最喜欢的，就是自己的学生能取得好成绩。我觉得，首先应该告诉您我的成绩。虽然并没有多么翘楚，但也想让您知道。

同时，提醒忘怀的自己。

小学毕业考试：语文96，数学98，英语99。

中考：语文105，数学102，英语106，物理79，化学69，体育33。

高考：语文124，数学95，英语111，理综221。

不论成绩如何，只要取得成绩，就离不开我和您所做的一切。

谢谢您。

在我十二年的学生时代里，有过许多老师。现在，我已高中毕业。首先，我想对所有老师说：在我的成长岁月里，感谢你们的谆谆教诲。

在我经历过的老师中，所有老师都对我很好。这些年，遇见您们，我由衷地感到满足与幸福。

在此，我想回忆下给我留下特殊印象的几位老师。

陈老师，我的小学数学老师。有天下大雪，我在您的办公室等待家长来接，其间您拿出宠物小精灵卡给我玩。

段老师，我的小学书法老师。当年我真应该好好练练字。

孙老师，我的小学科学老师。您当年让我们从家里带一只小动物到课堂上，我没有把鳄龟带去，遗憾。

王老师，我的小学体育老师。小学毕业多年后我见到您，向您打招呼，您依旧认得我，依旧对我很亲切，我特别感动。

屈老师，我的初中语文老师。您的家访我记忆如初。您真的十分喜欢我、关爱我。

孙老师，我的初中物理老师。当年初三时在班里说："小权少爷有不会的题了，谁给解答解答。"上高中后，经常遇见您，每次都与您聊会儿天。最后高考，是您把我送进去的。

任老师，我的初中化学老师。当年在化学课上，讲与生活有关的化学，您对我们说每天早饭要吃好。当时我特别感动您这样理解关心我们。然后您拿出饼干还有橘子，说谁没吃早饭谁吃。您是第一个上课让我们吃东西的老师。

王老师，我的初中英语老师。您公认比较严厉，一直对我很有信心。

荣老师，我的初中数学老师。当年在您的课上，我经常出去上厕所，真的不是捣乱，是真的憋不住。另外，我们许多人都觉得，要是所有老师都像您一样温柔就好了。

李老师，我的高中数学老师。您对我们说：将来，没有人和你比做数学题。您还告诉我们：踏实做事，好好做人。这两句话都深深地印在了我的脑海里。

李老师，我的高中化学老师。您让我重拾了学好化学的信心。

郎老师，我的高中化学老师。您让我又重拾了一次学好化学的信心。

胡老师，我的高中英语老师。您的电脑中有一个文件夹，名字叫：张小权同学的检查。

以上三位老师，是我高中三年的班主任。谢谢你们作为班主任给予我的关怀和鼓励。谢谢。

杨老师，高中语文老师。您的朗诵与书法令我羡慕与敬佩。您没有教过我，但十分赏识我。

白老师，高中语文老师。您没教过我，只给我们带过一节课。课上，您点名回答问题，说："我就叫小权说吧，我就认得他。"我特别高兴，感觉很亲切。

刘老师，我的高中物理老师。您教给了我许多快捷有效的方法，令我认为最费劲的物理变得稍容易些。您是最有耐心的老师。您最后对我说："如果小权一天没找我问问题，还真感觉缺点什么"。我还记得有一次物理没考好，您对灰心丧气的我说："小权有水平，只是没发挥好，没有什么。"当时，我真的感觉一道光笼射着我。

郑老师，我的高中物理老师。在教我的日子里，您一直是我提问最多的对象。您也曾说："如果小权第一节课后没来找我，那就是今天没来学校。"我曾经对物理感到迷茫，是您告诉我：要相信自己。

周老师，我的高中生物老师。我经常在中午找您补习，总是耽误您的休息。谢谢您。另外，我想对您说，当年，最后一节生物课，我没有什么问题了，看您也不讲什么了，便打算出去问语文，后来让您十分生气、伤心。老师，我那会儿头脑简单，高考迫近，我只想着赶快把所有的问题解决掉，当时真的没有多考虑那么多。老师，对不起，我不是那种不懂事的人，请您明白。

安老师，我的高中数学老师，也是高二高三学部主任。您让我明白，规矩，在任何时间，任何地点，任何情况之下都要遵守。

殷老师，我的高中英语老师，也是年级组长。Linda，我曾对自己的英语怀疑，而您对我说：“小权，你的英语基础很好，你的英语成绩是可以优秀的。”

马老师，窦老师，齐老师，你们都是文科老师，高三已不再教我，但我仍记忆犹新。会考前夕，你们放弃休息帮我补习薄弱的科目。谢谢你们!

除上面提到的老师以外，还有许许多多教导指引过我的老师……

老师们，不论您曾是教我的老师，还是只与我擦肩而过；不论您和我同处一个教室，抑或根本没有交集，您都是我的老师，曾经是，现在是，未来是，一直都是。

不论什么时间，什么地点，什么情况，只要见到您，我一定会停下脚步，对您说：老师好。

最后，谢谢老师。

谢谢老师。

书包中躺了这么多年的语文书，最让我自豪的是，
我从来没有对语文厌烦。

致
我的语文老师

我从小就热爱文学，因此语文是我最喜欢的科目。

我大学考上了北京电影学院戏剧文学系，如愿以偿。

在此，我想特别谈谈我的语文老师。

初中刘老师

当年，您从初三开始带我们，带我们这个文学素养班。

您说过我是一个有情商的人，我一直记着这句话。

那时，您每节语文课都拖堂，每天放学还要教育我们，与所有人谈心。我那时真是苦不堪言。

刘老师，您知道吗，曾经，我在心里骂过您，讨厌过您，不理解过您，而现在，我明白了。

拖堂，为了让我们的成绩更优秀；谈心，为了让我们的思想更健全。

当年您说：假如我们记住并理解了您说的话，灵魂会变得伟大。

当时，我并没有认真用心听每一句话，仅仅有一部分仍存心中。遗憾。对不起。

那时，我们的内心有几个没有映射在脸上的？您又怎会未能察觉？

您无奈，无奈只有一年时间铲除我们思想的劣根；您着急，着急我们是一群不谙人事的初中生。

但您还是坚持地说了下去，不管我们如何，您把认为对我们有益的箴言全都传授给了我们。

其中一句话我印象深刻：将来要做对社会有益的人。

我清楚地记得，中考前夕您给我们放的歌。那首歌，在那炎烈炽热的夏日里，在那紧张惶恐的内心中，犹如一支幽兰。

说真心话，老师，谢谢您当年在四点四十到五点四十对我说的话，它们使我的思想升华。

高中李老师

高一，您说我写字不好看，我挠着头说还可以。您对我说：“我这就去问教过你的刘晓旭老师，要是她觉得可以，那就可以！”我立马一惊，随即扑哧一笑，我懂了。

那时，忽然心生一念：高中，我的语文一定要优秀，一定要！

在您的课上曾脱鞋，您站在讲台上说：“咱们语文课也是挺有文化的课，小权你竟然脱鞋！同学们，今天多加一项作业，下课锯小权。”同学们普遍不爱完成作业，但那时非常积极。

那时，我突然感觉，在课上，您不光有水平，出口成章，引经据典，而且还非常有意思，有情商。

李老师，您教我高一高二，在还没有被高三紧张的气氛笼罩之时，在您的语文课上，我体会到了语文的美妙，我感到您向我传递的文化文学知识。在您的课上，我感觉像在做学问，富有内涵的学问。

从那时起，一切古文都成为了我内在渴望的美妙。

高三最后，我也产生了焦虑，甚至有时怀疑我的语文水平。临近高考，我跑到您那里，说怕语文考不好。您对我说："小权，相信自己。以前你在语文上考出过那么多好成绩，二模127，高考又算什么！"

其实，我并没有真正怀疑过自己，从来没有，或许只是比较渴望重要的人给予我鼓励。

我觉得您最后给我的这句话，真的使我在高考语文上更加充满勇气以放手一搏。

高中涂老师

涂老师高三开始教我。

我的语文成绩一直名列前茅，加上涂老师的答题技巧，更是如虎添翼。

两件事记忆深刻。

一次，阅读延伸二百字我犯懒没写，许多人都没写。涂老师找到我，对我说："小权，我不信你也不会写。今天回家抓紧写，明天给我看。"当时，您说不相信我不会写。我当时，全部身心为之一震。那一刻，我深刻体会到了您作为老师对我的一种信赖、信任和希望。

那天，我真的很感动。

另一次，高考迫近，我在作文上钻了牛角尖，去找您倾诉。不是不信任您，只是多问问觉得更踏实。我就去问了李雪老师。后来您知道了，在班里说：“最近小权在作文上遇到了问题，幸亏找我解决了。他还去问了李老师做了确认。大家千万不要有这个问题。”后来就是您的讲解。

说实话，我那时真的怕您有别的想法，觉得我不信任您，觉得我更相信李老师等等。但是您没有，我非常开心，您心中的纯净令我感动。

涂老师，每天我都要去问您语文基础题，无一例外。真的很谢谢您，您让我心中有底。

书包中躺了这么多年的语文书，最让我自豪的是，我从来没有对语文厌烦。

语文老师们，我要对你们每个人说：您们使我感受到了语文学习中的喜悦与享受，以及汉字文学中的意蕴与美妙。

YT I S-

R NG

F E D

R I H

我的所有初中同学都很优秀。
任何个体都是一本书。

致 我的初中同学

高三结束后的假期，初中同学大规模地举行了两次聚会。两次聚会，我均不在北京，甚是遗憾。

后来我分别找了几个人小聚，以弥补遗憾。

初中同学，感谢你们陪伴我度过了有意义的三年。

我记得你们所有人，记得你们每个人的笑颜。

虽然初中已经过去，但我们不会过去。

回忆下有些人。

LYX

猥琐男，好久不见。

将来会成为上海复旦大学最猥琐的人，没有之一。

初中没有分过班，咱俩初一就认识。初三被分到一个学习小组，成为好朋友。

我想说，那个学习小组真的非常有益。它的确使我的成绩有了提升，我很感谢它，更感谢你给过我的帮助。

经常问你问题。说真的，你非常有耐心。有一次整个中午你都在给我讲物理，非常感动，谢谢。

你和我是当年一班最先玩XBOX游戏机的人，也同是最喜欢打游戏的人之一。

不可否认，你的射击类游戏水平的确可圈可点。

你知道在高一时，你从首师大来我们育校，我有多激动！我迫不及待地要把打《光环》时遇到的问题向你请教。

你知道我在高中时，关于你们，关于我们老一班同学的新闻印象最深刻是什么吗？

刘宇翔新买了个新款XBOX，刘宇翔新买了个新款PS3。

放暑假后，去你家打了一下午游戏，好像见到了曾经初中时代的我们。

咱俩都有许多梦想，其中有一个是相同的。

许多年后，白发苍苍，颤颤巍巍，坐在一起，打开电视机，再打开新款的游戏机。

LYX

天圆地方。骚和尚。臭鲶鱼。

初中一班，高中仍在一所学校。作为交换生出国一年，在我写下这些时，他正坐在我曾经的座位上进行高三的第一轮复习。

当年，我们班打篮球最好的家伙，以“教练”称呼。

曾经我对你的评价是：人不错，就是有点儿色。

上课不要总偷看某某，人家都不理你。

喝酒吃饭随叫随到，不叫都到。

喜欢许多食物，尤其是披萨。

哪天来北电找我，我教你语文。

出国一年，人变得很好，也有些改变。

未改的，是黄色的容颜和思想。

ZYZ

你说你叫张林那么多年，干嘛在初三给改了。到现在都觉得别扭。

初中一班。高一军训在病号堆重逢。高三分班后重新一班。

当年初中一班球队前锋“三叉戟”之一。

如今球技相当不赖，就是个子矮。

曾经上小学一年级时，身高一米整。

高中军训，咱俩病号，坐在阴凉处歇息。你坐累了，并且感觉有点儿冷，爬起来到阳光下站了一会儿，不知被谁抓拍，后来照片登上光荣榜，写道：不畏伤痛，身残志坚。

老师让我向你学习。

经常一起去刘宇翔家玩游戏。冲的最快，天不怕地不怕，就怕对方开枪。

不过咱俩的机枪榴弹配合还是有两把刷子的。

希望你日后踢球时注意安全，腿别再受伤了。

WZW

黑鬼。

高中三年未见，前几日于刘宇翔家见到，变得更黑。

初中时学习在班里第一，常问你问题。

同学录上，你写的第一句话就是：小权啊，你的问题真是太多了。

去香港上大学，临走前一天得知我在刘宇翔家，跑来见我，十分感动。

香港的阳光强啊，注意防晒，不然以后去有些地方恐怕会产生种族歧视的问题。

CKJ

土匪老大。

班里年龄最大的人，也是唯一一个比我胖的人。

当年教了班里许多人学坏。

初三最后去了美国，逃避了中考。近日电联，发现他又逃避了高考。

前几日他来北京，我们相约出去坐坐，发现他更胖了。

穿的短袖比我的大两个号码。

生活滋润，几日前刚从游艇上下来。现在可能躺在海滩上吧。

人很有意思，且十分爽快，我们之间很谈得来。

喜欢电影，曾经一天内看完《指环王》三部曲和《异形》四部曲。

一直不想看《铁血战士》，觉得花钱去电影院照镜子不值。

在美国某大学学习生物医学专业，企图改造人类。

当年，咱们班主任老刘告诉我们，你临走前说了一句话。

你那时说：我以前认为自己有钱就行了，现在觉得在自己有钱的同时，别人也能更加幸福。

你并不高大，但在那时，你已被仰望。

YSL(名牌啊)

三年未见，却莫忘对方。

高中在牛栏山中学，每天喝一瓶牛栏山。

你是我的初中同学中很早认识的人。

小学一起上英语课外班认识。

几日前见面，聊起当年，都觉得什么也没学到。

喝酒忒多，现在胖过我。不知跟陈康吉相比能否望其项背。

十分够哥们，相当实在，热血男儿。

我喜欢。

当年的泡妞王，未来或许也是。

歌唱得好，曾经随学校合唱团去维也纳金色大厅演出。期间在维也纳走丢。

高中时常参与群架。

以后上大学注意安全。退一步海空天空。

WHN

长得好似辛普森。

你是我的初中同学中最早认识的，也是同班认识最长的同学。小学六年，初中三年，高中一年半。

很早就是朋友。

高中被我教唆打《铁拳》，技术一直在我之下。

分班之前上厕所形影不离，分班之后在厕所常常遇见。

身材不错，要是女的肯定属于高挑型。

打嗝很响亮。

你老说自己太瘦。

我有个愿望，就是给你五十斤肉。

YHN

高一见过一次，之后再没见过。

你的字写得真不错，写小说也很厉害。

你是个在墙上写字的人。

多的不说。

只提当年同学录中，你给我写的一句话。

和权哥打盘拳皇的愿景，不知何时才能实现。

我也是。

我希望有一天能实现。

这只是其中一部分。我的所有初中同学都很优秀。任何个体都是一本书。

最让我敬佩的，是每个人对于学习的执着、专注和热情。

包括我。

所有人都深深地烙刻在我的心里。

当年一班的兄弟姐妹，都该时刻明白一件事。

我们曾经的一班，是当年的文学素养班。

是文学素养班。

不管你们如何，无论你们怎样。
你们，已经存在我深深的脑海里。

致
我的高中同学

首先，我想对我所有的高中同学说，你们都以各自的状态陪伴我走过了三年，谢谢。在我眼里，你们都是好人，谢谢。

在此，我想回忆下给我留下深刻印象的一些人，一些事。

DY

你我初中就认识，其间你们经常对我说：“小权，一门二门？”这话，我琢磨了初中三年。高中才明白。你们要清楚，我是不吸烟的好少年。

高中，你一直嘲笑我的歌唱水平和歌曲欣赏水平，其实我也还不错啊，不就是《2002年的第一场雪》有点儿跑调嘛。

在此说明，咱学校春游去平谷，你们几个，的确没让我睡好觉。在此承认，打铁拳，我的黑豹的确因种种原因输给你了。在此追究，因PSP游戏机被你们偷玩，我的豹子的胜率下降得不是一点半点。

咱俩从前常出去闲逛，日后吃火锅莫相忘。

哪天，台球虐你七星。

另外，你是我侄子。

ZYQ

咱俩高一认识，真正成朋友是高二。

上课净问你问题了，没辙啊，魏煜航姚禹不会啊。没耽误你吧？

高一期末考，你生病，戴个毛帽子就把英语考完滚蛋了。说实话，就算你考了，物理你真不一定有我高。

高二知道你也玩《头文字D6AA》，把我激动的啊，小心脏扑扑的，欣喜终于有人一起玩车了。后来才知道，你连漂移都不会。

那会儿你和当兵的干架，不管别人认为你多么多么厉害，我仍旧觉得你以后要注意安全啊，脾气别那么暴烈，没什么值得以安全为代价。

高三分班，你找女朋友以后都不找我散步了，重色轻友啊。

你老说课间找我，我不在。没办法啊，办公室问问题呐。

我一直觉得你的CLOT衬衫不错，我也准备整几件。

以后，咱俩吃饭，火锅还是铁板烧，这是个问题。

LMY

高一认识。

比较谈得来，比较够意思。

篮球足球以及各种运动技能我比较羡慕。

虽然道路不同，专业相异，但也是一块艺考的哥们儿。

高三每天晚上一块吃饭，其间谈论各种电影。

但咱俩对于女星，往往存在很大分歧。

不过，我认为，我的审美水平还是较高的。希望某天你可以追上我。

期待以后在工作上的合作。

ZSQ

因为都无比热爱街机游戏，高一就认识。

高一周六补课，你我常常利用自习课的时间在校园内游荡。

对于铁拳，我想说，尽管你玩了许久，但技术在万人之下，零人之上。

放假了，说好天天一块打铁拳，却因为你总是有事一直未能实现。

以后吧。希望你可以在技术上有所提高。

方长的来日，争取成为我合格的手下败将。

DTJ

你这个重口味！

你的重口味渗透在各个角落、各个层面、各个领域。在此实在难以详谈。

唯一一件小清新的事件发生在最近。在此也实在难以详谈，因为我觉得你重口味到了极致，只好彻底的反向思考，以小清新的形式表现。

骄哥是个特好的人，实在，够意思。真心话。

除了颜色非凡，骄哥是个完美的人，是个纯粹的人，是个脱离了低级趣味的人。

你当年回答问题："老师，老师我，老师，老师我，老师，老师这个问题，这个吧，老师这个，老师我觉得，老师我觉得这个问题，老师，老师我……老师我也不知道！”大约过去三分钟。

你后面的CW已经玩了一局三国杀了。

咱们当时查字典查出的“大龟”，乐了将近半年，瞒了蔡伟将近一年啊。

曾记否？

MTS

高一一起上跆拳道选修课认识，高三同班。

你的肌肉的确还可以，与我相比，略胜一筹。

高一时，我觉得可能打不过你。高三时，同桌，每日耳濡目染，短兵相接，我可能确实打不过你。每日闹一闹，放松大脑，有益身心，收获良多。

上课常常回答我的问题：“哎傻马，老师刚才说啥？”在此感谢。

除了老师之外，你是第一个夸我语文好的同学。当时我心中一振，十分意外，异常感动，险些落泪。

我真挺感动的，谢谢你。

第一个送我漫画书的人。《御姐百分百》。从此，我喜欢上了御姐。

我要诚心诚意地告诉你，《头文字D》漫画也是不错的。

你不爱打电话的怪习惯令我感到疑惑非凡。那时，我还在琢磨自己是否做错了什么，以至于你不接我的电话。

咱俩还没喝痛快过呢。下回啊，下回。

最近，打电话。你对我说：“赶紧找个女朋友吧，别再神神叨叨的了。”

ZYP

同样，高一一起上跆拳道选修课认识，高三同班。

成为朋友是因为一次闲谈，发现对方都很时尚，都喜欢潮流。当我发现班里能有一个对潮流文化如此感兴趣的人时，真是由衷的欣慰。我们聊天，涉及潮流时尚的各个领域，各个层面，从“回力”到“MMJ”。

你上课比较喜欢接老师下茬，最有意思的是“没有半点的丝毫的稍微的错误。”

有一次语文课你问我一个问题，你可破音了啊。

你的胸肌和腹肌还可以，略胜我一筹。

咱俩上次去西单喝酒，其实是你醉了。然后你说我说话都大舌头了，其实是你自己已经听不清了。

放假后你去丽江喝酒把胃伤了，以后注意啊。曹启森竟然在微信朋友圈给你发的住院的状态点“赞”，什么意思嘛是不是。等你出院后，我请你伏特加，尽早忘了这破事。

上次你在外面差点打架，以后收着点脾气。吃亏是福。

咱俩上课，你说你的笔记本是BAPE的，我说我的签字笔是ROAR的。

不过你别说，你的NIKEDUNK还真略像MMJ。

我懂得，其实你是把MASTERMINDJAPAN的字母涂去了，怕我嫉妒，怕我羡慕，是吧。

ZHX

高中军训时认识。同为病号。

长得像蒙古人，外号“扎西”或近义词加反义词“刺东”。

高三的第一个同桌，课上课下瞎扯淡。

你经常发出各种奇怪的声音。

说自己有皮肤病不能晒太阳，上操赖在楼上玩手机，体育课跑下楼打篮球。

你只能接受没有爱的性。

流氓，色扎。

CQS

高二上厕所时认识。高三此人均在校外学习美术。

都比较臭美，都比较喜爱时尚潮流。

极有共同语言。

受我影响，开始对汽车感兴趣。被我教导前，自以为对汽车博学，曾经认为悍马H3与吉普牧马人是一款车。

借此机会，诚恳地告诉你：BAPE STA是相当不错的潮流单品。

HYL

肉球。羞臊球。小巨龙。小巨球。傻球。沉睡的巨龙……

肥球，外号不少啊。

你上课爱睡觉，下课爱吃饭。上课吃面包，下课吃旺旺；上课吃没声音的，下课吃有声音的。你一睡睡一天，一吃吃半斤。

还记得你、博美、天硕和我一块翻墙出去买汉堡吗？你说你，上三节楼梯呼哧带喘，能坐电梯绝不走路，能迷糊绝不清醒，怎么一到翻墙出去吃饭就积极灵活了呢？

高三最后，你还爱上了啃鸡爪。哇靠，你太有意思了。

有一次，你的鞋带开了，我和天硕提醒你：“球，鞋带开了。”你不假思索地来了句：“哎呀没事。摔了再系。”你太积极了！咱干正事时别这样啊。

现在你复读了，努力吧，好好学习，天天向上。

祝你考上理想的好大学。

LJ

霁爷，我的霁少爷。

很喜欢车，和我的爱好差不多。

早日开上野马啊。

一定要最强的谢尔比GT500。

你那死飞啊，有点危险，还是别骑了。

早日买到杜卡迪，然后被我们用道奇战斧追上；或者开野马GT500，然后被我们用道奇蝰蛇SRT追上。再然后？你猜是啥？

大家开心开心，兄弟们活动活动，锯李霁。

这会儿，你一定会用最有特色的高音说：“啊！是！”

我们大家：“啊！不是！”

我靠，你说咱们育校这届高三特有的、你独创的“啊”是不是等咱们全死了，就真没了？

应该不会，你是我少爷啊。

CW

高一就认识你这猥琐大叔。

笨伟。憋伟。蔬菜卫士。海淀金枪小霸王。狗干VEGETABLE……

我最喜欢的是CRAZY VEGETABLE。感觉你是《植物大战僵尸》中的植物之一。

你这外号也不少。

蔡伟上课三件事：睡觉，看手机，瞪老师。

闲的无聊，给你打电话，岔你两句，乐趣无限。

别打三国杀了，别打万智牌了，别玩英雄联盟了，跟我打铁拳吧蔡伟。

曾经课间操跑步，咱俩常常溜进厕所，后来觉得味道不十分可人，于是躲到五层。

当年高二最好玩的事情，评选班委，蔡伟被评为“菜委”。

当年高三最好玩的事情，咱俩打扰马天硕中午睡觉和上课摸马天硕屁股。

没有之一。

除此以外，还有许多的人，许许多多的人。

不管你们如何，无论你们怎样。

你们，已经存在我深深的脑海里。

爱你们所有人。

时间滚滚，我们都会改变。
但，过去抑或将来，回忆不变。
再见面时，容颜依旧。

哥们儿

（一）

哎，你们仨会不会认为我不够意思？

放在一起写，是因为你们太像了。

我渐渐成长，许多观念也渐渐发生改变。过去，认为许多人相处久了，便能成为朋友，而且一定成为朋友。曾经年少，走过了这么多人，才发现根本不是这样。

许多人，认识很久，只是认识很久。

以前，我把时间看得太伟大。

你们三个，从相知，到今天，亦不过三年。但，是兄弟。

兄弟这个词，一般是名词，在此处是形容词。

咱们仨基本在高一认识。张翰祥，因为长得像蒙古人，且小胡子独特，所以绰号扎西。跟他认识得早，军训之时。当年我是真病号，扎西是假病号，共同在宿舍赖着。那时俩男的，宿舍又没别人，自然谈及一些不符合年龄的男人话题。

唇枪舌剑，顿觉这家伙知道得比我还多。

扎西袒胸露乳，咧着迷彩服，瘫在木板床上。淫荡地笑着，小眼睛眨巴眨巴。这是第一印象。

就先说说扎西。

那会儿我是二班，他在三班。再后来高三时在一起了。渐渐话多，当年他坐我后面。

扎西人特好，每次上课时我回头，他一般都在玩手机，却从来不拒绝我的聊天申请。

扎西是个特逗的人。高中三年，其乐无穷。那会儿他们一堆犊子一块儿抽烟。然后一哥们儿把烟灰故意弹在了扎西裆部。扎西慢悠悠但无比坚定地说道：“操，你丫把烟灰弹我逼上了。”

后来这帮家伙的笑声把老师引来了。

扎西，那地方应该叫屌。

还有一事儿。某天，扎西心情不好，于操场上抽烟之际，慨叹命运多舛，遂欲寻某物发泄。

操场上有一轮胎，扎西走过去想搬起它扔出去。

第一次，没搬起来，险些摔倒。第二次，搬起来，大力抡出，轮胎落回原地，扎西坐在了地上。

众人大笑不已。

扎西恼怒，转身怒踹铁丝网，不想铁丝网存在弹性回复力之类的效果，扎西又坐在了地上。

众人摔倒。

扎西是个特别可爱的人。

扎西特别仗义。大学，我常常找扎西喝酒，他能喝，虽没丁与能喝，但也只略逊一筹。扎西学校离我不近，但只要我叫他都来。哦，有时候不叫都来。

有一次，我下课，五点半给扎西打了电话，那会儿心情特别不好，特想喝两口。扎西接到电话，六点多过来了。

来了我才发现，那天他生病了。

我说："扎西，病了跟我说啊。"

"没事儿权儿，你这边没熟人。"

我当时真特别感动，北京的冰冷，彻骨。你让我觉得特别温暖。

张奕鹏，马天硕。

一起说，是因为他俩是我同时认识的。

那会儿高一，跆拳道选修课。我第一次见到这俩人。跆拳道选修，我想，这俩人我应该都打不过。

马天硕酷爱健身，壮得像牛，胳膊粗的顶我俩。张奕鹏虽然没那么壮，但看上去特别硬。

后来就认识了。

真正成为兄弟是在高三，当年他俩跟我不熟的时候没少说我坏话。

高二时，我配了一变色眼镜，丫们背地里都管我叫装逼哥。每回上操时，张奕鹏都对马天硕说："看，二班那装逼哥。""这臭傻逼，咱哪天把丫打了吧。""找一机会的。"

那时选修课，张奕鹏翘课打球。马天硕对他说："跟我来吧，要不我只能和那傻逼聊天了。”

在高三，紧张压抑而闷热潮湿的夏日，喝着冰可乐，笑着谈起这些过去。

好多事，真不知道倘若当初知道，会怎样。

张奕鹏外号约翰，原因不详。马天硕外号硕哥，原因岁数。

还得分开说，要不然感觉怪怪的。

跟马天硕关系好是因为当年他跟我同桌，十分聊得来。

我语文一向很好，有时候能给他讲一些题。有一次，硕哥对我说：“权儿，你语文真好，水平真挺高的。”当时我一颤。

多少年，第一次被这样说。

真是这样，自己深信不疑，但得到别人赞许肯定时，真的是莫大的喜悦和满足。

事实更加复杂。

高三时，我那阵子学习并不顺利，语文好，有时真的是自己对自己的暗示与安慰。虽然真的不错，但有时亦会迷茫。在那个艰难的岁月，听到兄弟这样的真心话，我感到一种满足弥漫脑海，那是自己的能力被赞许的喜悦。我感到一股力量激荡心中，那是对未知的黑暗无所畏惧的力量。

谢谢你那句话，硕哥。

我不需要你相信我，我相信我。这话我在心里对一些虫豸说过。我不是一个自卑忐忑的人，我也很坚强。但，当别人的真心给予我感动时，我仍会感动。

后来我生日，硕哥送了我三本漫画书，让我在当时麻木的岁月重新点燃了激情，使我在当时辛苦的日子重新有了对成绩以外的渴望。

想知道是什么书嘛？

有些话，即使讲出，也是秘密。

硕哥，你懂的。

张奕鹏，约翰。

跟他成为兄弟也是高三。

清楚地记得，那是体育课下课后的下午。独自爬楼的我遇到了奕鹏。然后随便聊起了鞋子。

当时，我为之一振。

我们班也他妈的有和我一样臭美的。潮流单品，时尚世界，无话不谈，兄弟。这就是发展经历。

那会儿大约是一个什么考试后。考得不好，找人喝酒。那是我跟奕鹏第一次喝，真是第一次，在大悦城。

后来，我喝大了。

他跟丁与都在北京工业大学。每次他们都一起过来。我去时也都一块儿出来。

距离再远，该聚还聚。

这就是兄弟。

那次，你俩记得不？我去北工大找你俩去吃火锅，我是真醉了。要不是你俩一路架着我，我恐怕就被车撞死了。

之后他们告诉我。那天我随地大小便了，摔了奕鹏新手机，发微信骂马天硕了，等等。

奕鹏的手机没大碍，只是天天酷跑常常闪退。

这个冬天真的有好多好多事儿。

平安夜，北影食堂都没人了。

望着天空，心是寂寞，天空都挂着泪水，月是最亮的泪珠。

一个夜晚能容下多少悲伤落寞？

我正向图书馆走去，猛回头，回寝室，扔下装着作业的书包。

老子的日子不要这样过。

老子的年少就是要青春。

拿起手机，想了想，打了电话。

“奕鹏，今晚有空吗？”

“嗯，我宿舍待着呢。怎么了权儿？”

“找你玩玩去。”

“来吧。”

见面时已九点。

那天晚上，我俩去三里屯喝酒，去KTV刷夜。

后来，丁与后悔那天早早回了家，责备我为何不早说。我说我是临时决定。

白天时，天空尚在哽咽。

兄弟，就是愿意陪你的人。

不管他愿不愿意，我愿意，他就愿意，这就是兄弟。

马天硕，重庆邮电。张翰祥，联合大学。张奕鹏，北京工大。我，电影学院。

相隔再远，兄弟比邻。

（二）

干爷。

这是张昱乾的外号。在初中因某些琐事而得。

干爷是我高一认识的，后来成为兄弟是在高二。

当年他是我同桌，彼此的交流从我上课没好好听讲下课问他开始，继而发展为上课共同聊天。

别人同桌，一般制造一大堆情侣。

我同桌，制造了一大堆兄弟。

这其实也是澎湃的泪水。

回想这么些年，同桌的你，少是女生。

荒了青春的容颜，回首尽是寂寞。

干爷就不是。这个孙子。

但不提这些伤心事了。

脑海中，第一次出现干爷这个人大约是初二。他小学六班，我五班，但对他没有印象。

那会儿在阶梯教室看一个什么节目。我后面是一哥们儿，除了自己屁股沉，还用书包占了一座儿。干爷走过来，看看四周人山人海，问："哎，这儿有人吗？"那哥们儿："有人，待会儿过来。"干爷正色："现在来了吗？"那哥们儿："现在还没呢。"干爷："那不完了吗！"说着把那书包拎起来扔给了那小子。

我坐在前面想：这人真他妈横。

了解干爷后，发现丫真的很横。

干爷在十八岁生日那天，用甩棍把四个当兵的开了瓢。他的脚还打了石膏。

好多人都称赞他能打，厉害。

后来我们喝酒给他压惊，我告诉他，管管你那臭脾气，危险。他说谢谢。

聊聊咱的往事。

他有件事特别悲哀。高三时，他想报考一所什么语言类学校。结果没有报名听力测试。就好像学美术的没有去参加美术统考。最后有实力的他却没有资格参加真正的考试。

不知道你最后伤不伤心，但肯定遗憾。

我当时对他说没什么，他自己也说没什么，不一定能考上。

咱都应该这样。

人得会安慰自己，得把事情向好的方面意淫。不然，伤心的是自己。

别跟自己过不去，过去的就是过去，得不到的美丽就是丑陋。

若不这样，难受的是自己。

别太认真的了。不然你的答案会有许多错误，你的生活会有许多不满。

人假如无力改变现实，那就算了。

许多事，最后就算了。

许多事，不能这样就算了。

许多需要尽力争取，许多需要放手自流。

就像高考，不管怎样要拼一把。

能够算了的，是你实在的无力，是你明知的失败。

不过在咱们的青春。

能够算了的，都是不重要的。

最后，干爷去了北京警察学院，见面越来越难。因为管理严格，路途遥远，他周末才回家。

有一次，周五晚上把他约出来，本来打算喝一大的，结果他必须要回家陪陪老人。

假如你上个普通性的大学多好啊。

记得高二时，咱每天下午大课间都去学校溜达一圈，聊天扯淡，吃冰棍。再后来，你找了媳妇，咱仨一块儿溜达，最后我请你俩吃冰棍，关键时刻我还得回避。

哎，还记得吗，那次，“小少爷”。

在这里不细说啦，给你丫留点儿面子。

追忆似水年华，很多再也追不上了。

我们都长大了。

那会我和干爷有一事儿特牛逼奔放。美术课，咱俩不听课聊天，后来我建议，这么吵，咱功放音乐得了。

干爷说是啊！以前没这么干过，值得一试。打开手机，略略筛选，功放陈冠希的《还记得我吗》。

结果，老师示意大家停止讨论，而我们根本没在意，偌大教室忽然安静许多。

“我叫陈冠希，跟我念一遍！”

手机的功放在室内还是强大的。

还有一回放学，咱俩去吃火锅。席间你爹来电话问你怎么没回家吃饭，他从外地回来了。

结果干爷“哐”地放下酒杯：“你怎么回来了！”

我笑的差点儿把火弄灭。

咱当年。

这叫不懂事。

但更多的。

这叫无所畏惧。

唉，警察学院开学早啊。

时间滚滚，我们都会改变。

但，过去抑或将来，回忆不变。

再见面时。

容颜依旧。

（三）

我觉得是时候该说说这个家伙了。

丁与是我初二时认识的一个哥们儿。那会儿我在一班，年级里学习最厉害的班；他在二班，年级里除了学习最厉害的班。

当年还算不上哥们儿。我跟他认识是因为他跟锁越关系特别好，而锁越是我的小学同学。

两年后上了高中，跟丁与在一个班了。之后越来越聊得来，那是真聊得来。记得当年跟他没什么共同话题，但就是特爱在一块儿聊天。

什么是好兄弟？没话说，却爱聊。

再然后，就是现在，上了大学。我在北京电影学院，他在北京工业大学。

高三时，我就清楚，再过一些时日，就与所有好哥们儿分别了。

多少朋友因为大学离别，多少情侣因为大学分手。

没办法，每个人为了将来，都认了。

世间多少离别，都是为了自己。

但每个人都没有错，每个人都要实践自己，每个人都要践行命运。

我坐地铁到他那边二十多站，后来打过一次出租，没堵车，八十多块，再后来便打不起了。

每周他来电影学院找我一次，每周我去工业大学找他一次。

这就是兄弟。

脱下相同校服分别，穿上不同校服拥抱。

这就是兄弟。

各自的环境变了，日后还会再见，主动再见。

这就是兄弟。

千万别认为我话多，你知道吗，多少同窗，多少人，去了不同学校，穿上不同的校服，就是永别。

我自己就有这样的。

丁与，你有没有？也有吧。

曾经，不在一班，相隔不远。

大老爷们，也别总煽情，想想过往。

那会儿初中，丁与他们几个在校门外单元楼小区抽烟，常在“二门”。后来他们中有人问咱干嘛老在二门抽烟啊，某人回答因为咱是二班啊。

“那一门呢？是不是一班的人？”

“小权儿一门抽雪茄呢。”丁与回答。

当然是玩笑，但从那天起，这变成了特大一乐事儿。

之后，二班的人一见到我就是：“权儿哥，一门呢？”然后就大笑。我被蒙在鼓里多年，直到高二才得知事情真相。

在今天，回忆回忆曾经违反校规的事，尽是噙着泪水的笑。

后来接触得多了，好多好多的乐事儿，我得告诉你，有些我还真是故意的。

丁与特能喝酒，能喝仨我。

每次我醉得跟逼似的，孙子丫总是微醺地点起一支烟。

之前中学喝的次数少，上了大学每周大酒小酒总得来点儿。

丁与，我特爱跟你喝酒，喝不过，我也爱跟你喝。

每次我挥手“再来一瓶”之时，他总劝我：“行了侄子行了，差不多行了啊侄子。”

侄子。这可是一大堆话。

高三上学期，那会儿还在小学那边补课。

一帮闲人靠在墙上瞎编辈分儿，什么爸爸儿子爷爷孙子的。其间我路过，一家伙冲丁与说：“看，你权叔。”

我是想逗逗他们，冲丁与来了一句：“叔！”

哎呦我操，给这帮孙子们笑的啊！一个个就差你妈的打滚。

这帮家伙原来没觉得我开玩笑，以为我真错了。

后来，我就成了丁与的侄子。

再后来，每个课间，一堆人围着我，轮番着问：“权儿，丁与是你什么人？你是丁与什么人？你管丁与叫什么？丁与管你叫什么？”诸如此类，总是问到我晕头转向地说错才大笑着散去。

这帮可爱的狗犊子。

我跟丁与单独也有好多好多事儿。

说也说不完，而且，都说出来也没意思了。

多少事，在不想说的心底。

但丁与求我一定要说点儿啥，那咱说一个。

有次，我跟丁与去吃火锅，吃多了，上厕所。我害怕手机钱包掉厕所里，就把贵重细软交给他，正欲脱裤子，想起大事儿，对他说：“假如我妈来电话帮我接一下。”他点头同意。

但是直到我出来我妈都没来电话。我俩并肩走。我拉肚子，有点儿虚，正在擦汗，此时此刻我妈来电话。我直接说：“哎快帮我接电话。”

丁与愣：“啊？”

我晕着来了一句：“我还没拉完呢。”

丁与笑得跟抽水马桶似的。

哎呦，我这猪脑子。

丁与，你这家伙。这事儿就差伊拉克不知道了。

这么多年，这么多事。

当年那堆侄子叔叔。

儿时，我们哭着哭着就笑了。今日，我们笑着笑着就哭了。

今天，假若还能把这帮家伙同时齐聚，我宁可当笑柄。

丁与，啥也不说了，啥都明白，好兄弟。

不在一班。

相隔不远。

（四）

To Jimmy.

Jimmy是我的一个好朋友。本来想用他的外号，但碍于道德风化。

从初中认识，到现在一直没断，关系一直不错。

前天他去了加拿大上大学，说过再见之后，有很长一段时间无法再见。在这里，记录我俩之间的一些事。

初中，我俩同班。我经常问他问题，他忙于为我解答以至难以在学校写完大部分作业回家打游戏。有一次，他郑重而生气地大声说：“我他妈的是不是欠你的。”

雪地里，我俩打雪仗，他摔倒，我假装扶他，而后把他按到满是雪的树丛里。

每天为了早打饭跑步去食堂。一次我眼镜跑掉，他帮我捡回，我感激得差点涕零。

初三时，我给他讲了一道物理力学滑轮大题，我就给他讲过这一次题。

二模上午，我去他家打了一个小时《反恐精英1.6》，半个小时《铁拳

5》，复习二模考试十分钟。他告诉我的“还原剂被氧化，氧化剂被还原”被我受用到高考结束。

初二我劝他玩《铁拳》，他第一次玩，我玩俩月。我们玩了一个小时，我全输。

初三一次联欢会上，偷偷打铁拳，我第一次战胜他。

我们一次去金源购物中心吃饭、打铁拳，打了三个小时。

中考结束，我英语和他一个分，104分，我很开心，他很悲哀。

高中，我仍留在育英学校，他去了十一学校。

虽然平日不见，但仍隔三差五打电话，有空仍约出来游逛。

出来一般吃火锅，然后比谁率先开锅。

他的《铁拳》暂停，而我已经从《铁拳5》玩到《铁拳6》。

自从学会防守他的“赖皮招数”之后，我屡战屡胜。他一蹶不振，此后扬言：“铁拳没劲，老子再也不玩了。”不过每次都去街机厅打上一会儿。

有次出去，我把他的背包抢走，周旋半小时，乃还。

此后，高考结束，我们有空就出来看电影。通过陪他看《小时代1》，使我感到某女星还是蛮好看的。

他即将去加拿大，提前一天，上午，我们又去看了各自都看过的《小时代2》，因为其他电影也都看过，而此片中某女星还是蛮好看的。其间我抢他的爆米花，而后我请他吃了火锅。

他走的那一天，凌晨登机前让我给他打电话，我说能不能提前些打，忒困。他说不行，要走时想说的才多。

大约就是这样。

154

你不是问过我高考作文多少字吗，差不多就这么些字。只是不能分这么多段，也不能这么写。这么写，是明显的跑题、文体不清、主题不明以及缺少中心思想。

明年再见，姬绍飞。

它们真正变成了波澜不惊的记忆，安静地摆放在心底。
每当我想起它们，只是记得有那样一些事情。

我们都变了

昨天出门很早。天空好似青蓝色的泼墨式水彩。

在路过一所学校时，无意间在学校门口看到了一片片白蓝色耸动的人群。不觉猛然间意识到自己已经脱离这个单纯的群体很久了，顿觉有些失落。

我不知道自己到底在失落些什么。我从容平稳地穿过了最迷茫的青春期，脱离了愈发困难且变数庞杂的高考的痛苦，而且在这一切中获胜，进入了许多人以及我梦寐以求的大学。

现在，作为一名大一的学生，因自己无法继续穿校服而失落。

至于为何我站在教室外听到“病毒是不是生物”此问题时会调动一年前的思绪；为何我在过去操场上站得比任何时候都直；为何我仍然留恋过去；为何我仍然不舍曾经。我不想做过多的阐释，因为许多是我心底的东西，有些秘密是不能说的，就当它消失了吧。

那天，看《小时代》时我忽然想起，在我高三岁月的末尾，在高考结束之后，因为事先不知而外出旅游，我没有参加毕业典礼，没有参加全班聚会，这是令我伤痛一生的事，也是我一生都无法弥补的遗憾。

写到这里，我忽然打了个哈欠，而后便流泪了。没有矫揉造作，这是真的。或许是内心告诉我，过了这么久，哭哭就好了，别太伤心了。

当然，日后也不是没有聚会，但这都是徒劳的，是完全不同的。我深知，我会与某些人越来越近，也会与某些人越来越远。但相比于当年的旧时光，我们都变了。

或许有一天，我不会再矫情，我会远离这些岁月。

它们真正变成了波澜不惊的记忆，安静地摆放在心底。每当我想起它们，只是记得有那样一些事情。

但见君主临天下，尤知玄宗不早朝。
但惊天子龙颜怒，却闻媚笑向春闺。
皆知圣贤东游去，孰清是否卧青阁。
古来芸芸朝夕往，天下谁人不贪欢?

第四章

我和这个世界不一样

倘若一日我成为充满力量的个体，我一定会做些什么。

因为我想和这个世界不一样。

止于感受

一日看新闻，报道不少环卫工人因长时间在高温下工作中暑身亡，不禁感到十分心酸。但纵观整篇新闻，大部分篇幅尽是关于事件的描述。

我们，感受到了，环卫工人真不容易……

我们知道了，感受到了……

所以呢？然后呢？

你们不告诉我们给了环卫工人的家属什么补偿，环卫工人高强度的工作从今日起有何改善，环卫工人日后的待遇有什么好转……你们只告诉我们好多工人都被热死了，天气真热，他们真惨，你们什么都让我们感受了，然后呢？

许多人因为种种经历使得我们感动流涕。他们不为人知、平凡，甚至有些卑微，却默默地书写着人间的真善美，用无声的行动坚守着公平、正义，他们值得我们感动和致敬。不管社会是粗糙还是柔软，无论时光是苍白还是斑驳，看到一个个感动中国人物，我们的内心还是被深深打动，这是朴素的感动，纯粹的感动。

我们需要感动，我们已被感动。

我知道了，我感受到了……然后呢？“赤脚医生”恐怕依然赤脚于大山。

别止于感受。

我不想对于这些现象止于感受。但我的力量如蜉蝣般渺小，做不了什么。

我希望可以得知充满力量的他们为需要关怀的个体做了些什么。不是为广大群众熟知，被广大群众歌颂，使广大群众感动，让广大群众竖起大拇指，然后一切照旧。而是使他们生活得更加美好，结结实实的美好。

162

贫富差距是社会进步的动力。

社会进步

我认为，贫富差距是社会进步的动力。

当今社会，存在着不可小觑的贫富差距。当下中国，两极分化日趋显著。

为什么“富人越富，穷人越穷”呢？因为富人中，有商业巨鳄，有行业佼佼者，有各个领域的领头羊。随着事业的发展，他们会一步一个脚印，走得越来越高，这就推动了自己所在领域的发展，从而推动了社会进步。

而穷人，或年少时不肯寒窗苦读，或工作时未曾抓住机遇，或遇到挑战时不能迎难而上、放手一搏，从而使得经济拮据，生活困窘。他们中有些人存有仇富心理，使自己只能悲观厌世，安于现状，如浮萍般随波逐流，如蝼蚁般不求上进，因此才导致“穷人越穷”，才导致贫富差距加大，两极分化加强。

他们应该及时从消极的死海中解脱出来，冲上拼搏的浅滩，登上奋斗的大堤，在以后的日子里，努力向上拼搏。正所谓，北海虽赊，扶摇可接；东隅已逝，桑榆非晚。只要努力拼搏，没有什么不可能。所以，贫富差距的存在，使富人继续奋斗，使穷人努力上进，怎能不是社会进步的动力。

然而，真的全是这样吗？

这是当年上高中时的议论文片段习作练习。

谨以此文致敬每句言不由衷的话，所有虚情假意的人。

所有人，意淫的事物都应以永恒的姿态
悬于宇宙长空，以永恒的韵律静美绽放。

完美意淫

意淫，这是一个许多人于许多场合羞于启齿的词语，也是许多人于许多场合正躬身践行的词语。

意淫在多种层面上有着多种意思。我认为意淫的含义是:于头脑中，对自己喜爱而无法拥有的事物进行臆想。

意淫有多重形式。你渴望与那位女同学互换考试成绩为意淫，你幻想统治世界也为意淫。

总之，不会太拘泥于形式，思想已统一。

意淫，在许多人看来是多么龌龊、肮脏、屌丝、不现实……也有许多人举旗高喊：意淫无罪。

而在我看来，意淫，不仅无罪，且益处良多。

为何？在意淫时，可以于想象中呈现最完美的景致。臆想的事物，首先服务于主观，即是服务于臆想者。其次完美，完完全全的美，单纯如初雪，不带任何瑕疵，不被任何外因所干扰，不被任何条件所牵连，不被任何现实所羁绊。

意淫，是好事。但意淫，意淫的事物，变为现实不一定是好事。

我认为，意淫的事物不可能，也不应该实现。

为什么不可能？因为意淫往往超越现实，假若太过于现实那么这就不隶属意淫，将其定义为目标更恰当。

为什么不应该？因为意淫的美好及完美，在真实中往往不可能如你所愿般呈现。但果真呈现出来，你会失望，失望地发现想象中圣洁的宫殿原来并不纯洁，失望地感觉到朝思暮想的事物原来并不完美。

上面是第一，第二，与完美类似，意淫时往往会放大对象的美好，缩小对象的纰漏。倘若真实实现，因为事实难以企及想象，内心必然如西班牙“无敌舰队”的舰长清点风暴过后的船只，只能是垂头，丧气，难过，失望。

所以我认为，所有人，意淫的事物都应以永恒的姿态悬于宇宙长空，以永恒的韵律静美绽放。

我希望，我的意淫永远止于意淫，不要让它实现，或被实现，至少不要以相同的方式。

对于我的意淫，我不希望它在现实中实现。

但，我渴望进入自己意淫的完美。

虽不可能，但我渴望。

纵使不能到达终点，纵使梦想远上寒山，
纵使意淫成真或许不及臆想。仍需不懈努力，不竭追求。

意淫无罪

现在说说意淫心理。

意淫无罪。

首先，意淫有时候会让人产生罪恶感。但我认为，无论何种形式的意淫，都不该有丝毫的罪恶感。

让自己内心的美好在心中徜徉，这是美丽纯洁的事情。

意淫不满。

打个比方，例如你喜欢一辆好车，买不起，幻想自己拥有它，然后如此快乐牛逼幸福享受等。然后，忽然，你真的看到别人开着你意淫的车缓缓滑过。之后你恐怕低头叹气：我只能想想，人家却已拥有，我真悲哀。

如此显然，你已经感到自己意淫的悲哀，已经对意淫产生不满。

其实，不是这样的。车主，恐怕还没有你开心。为何？这辆车的全部美好，你已通过意淫享用殆尽。而其他围绕这部车的所有现实羁绊，你都没有遭遇，而车主正在遭受。意淫，是好的一面的完全呈现。真实，则要承担现实的一切。

由此可见，有时候，意淫比真实拥有更加快乐。

意淫与梦想有相同之处，区别只是意淫不如梦想现实。但人们绝不应该对自己的追求止于意淫，止于梦想。就算很难或不能实现，也要为之付出不懈努力。

意淫无罪，意淫很好。但要做可以使梦想照进现实的事情，要做可以使意淫贴近触感的行动。

纵使不能到达终点，纵使梦想远上寒山，纵使意淫成真或许不及臆想。

仍需不懈努力，不竭追求。

IONG-
ROAD/TO-
HELL

容貌问题是表面的浅显问题，
内在问题才是深层真正的问题。

何为幸福感

常常忙于思索，忘记关注生活。

那天，坐地铁时，忽然听到“共同抵制乞讨、卖艺等行为……”

细想，很多地方都有这样的规定，这是为什么？

害怕影响某些场所的容貌，可以这样说。

确切地说，可以这样掩饰。

为什么？

容貌问题是表面的浅显问题，内在问题才是深层真正的问题。

其实这与我曾经谈论的“高攀思想”存在相关性。

试想，假若你处在某一环境，而身旁是行乞的乞丐。你认为，此环境应该是高档还是低档？而在潜意识中，你会感觉若处于高端外界中，就算其他的没有任何变化，自己也会好受。这是环境给人的影响。

举一个简单的例子。度假时，当你面对同样一片大海，你可以选择周围环境，是选择棕榈林，还是垃圾堆？答案显而易见。但要知道，大海是不变的。

这些与“高攀思想”相似。

回到地铁。假若你身旁是一名乞丐或卖艺者，他们的社会地位在你之下。

于是，你的潜意识或内心直接的感受是：我竟然和他们一起坐地铁。你会厌恶，一定会的。

此时，坐地铁不再是简单的事情，而是一种状态的承载，而你正处于这样的状态中。在你的情感深处，你感受到因为身旁有个乞丐，所以这种状态以及其包含的品质降低了。

反之亦然。

但，若与诸多同层次同类人处于同样状态中，便不存在思想起伏与情绪波折。

现在不要讲什么大道理，也不要批评真实。

那么这有什么关系呢？与地铁不让乞讨卖艺有什么关系呢？

如果人的内心发生了我所说的这些波澜，我说过，那么，人会厌恶，会不同程度地产生所有连带的不良情绪。简而言之，人的幸福感会由此降低。

许多公共场所最大的职能即是最大限度地给予这个社会上幸福感低的人幸福感。这也是社会的重要职能之一。

一切的一切，都希望所有人的幸福感至高无上。

简言之，极端地说，假若地铁允许乞讨卖艺，就是在降低自己的职能效用，就是在砸自己的饭碗。这，可类比为在五星级酒店的大堂养猪。

一切服务性事物的目的皆为盈利。

贫富差距增大本身是不会导致仇富的，
增大的贫富差距的表现才会导致仇富。

为何羡慕

俯观当下中国，贫富差距不断增大，这会带来什么呢？

主要是仇富心理的膨胀。

其实，贫富差距增大本身是不会导致仇富的，增大的贫富差距的表现才会导致仇富。

就好像甲账户上的数字变大了，乙就算知道也没什么，可能就一个想法：你比我有钱。不会导致乙恨甲。但是假如甲账户上的数字变大了之后，甲买了什么乙特别喜欢而且买不起的东西，乙才会生气，才会羡慕嫉妒恨。很多人，很多时候都是如此。

总结一下，有钱人“炫富”，穷人才“仇富”。你有表现，我才有反应。为何要“低调”？正是如此。

从前，没有“仇富”这个词。为何？

因为中国在经济如坐火箭般飞速发展的同时，大量的外来事物涌入，越来越多的“玩意”，越来越多的“玩法”被大众所熟知。

现实却是，知道是知道了，但并不是所有的黎民百姓都能“接触”。

打个比方，商场里的限量版LV包包，有些女孩钱包单薄，只能远观欣羡，而有的女孩只要喜欢，就可拥有。这会儿，没钱的就会羡慕有钱的，一直羡慕，就有可能产生恨了。

所以，经济发展，信息流通，高档物品被人们了解，高端享受被人熟知。但是能对其接触、享受、拥有的人占少数。望见，却难以触及，比未见难受得多。知道，却无力使用，比不知痛心得多。

好多人对其了解熟知，却无法靠近，自然对那些“少数”羡慕嫉妒，然后衍生出“恨”。恨你手拎爱马仕，我却拿李宁；恨你的车开进赛车场，我的车却开进菜市场；恨你度假时开游艇去看海钓旗鱼，我却去超市开荤买草鱼。

事实上，那些相对穷的人也知道那些相对富的人或是努力工作，或是老爹有钱，或是继承遗产等等。总之，他们清楚富人的钱也许是人家正当挣来或得来的，是“取之有道”的。但是透过种种观察，通过种种比较，不管怎样，自己确实与人家相差得太多，无论如何，自己没有的人家都有，自己想有的人家也都有。

不论因何，自己渴望的正被人家坐享。对此，许多人着实难以微笑面对。

须记，许多人不爱问曾经，不喜论将来，只观当下；许多人不擅究本质，不擅窥背后，只见现象。

渺小的生命，渴望向世界闪光。

炫

许多人极其讨厌炫富的人，我却不然。

首先，炫富指的是通过一些物品来显示自己富有，或单纯地展示一些物品。

我认为，这就好像学生取得好成绩想让别人知道一样。在我看来，当某人于工作事业上取得成功，通过努力拼搏取得成就，就想展示自己所得到的东西。

这类“东西”，是自己奖励自己的事物。这些“事物”，往往已被此人长久喜爱。比如一个人日夜加班一个月，买件中意许久的衣服，穿出来游逛，这难道不对吗？比如一个人做了很多年生意，买部梦想多年的跑车，开出来兜风，这难道不对吗？人们想展示自己的成就，势必要通过某些方式。

简单地说，就是通过某些方式庆祝个人的成就。

当然，亦有人不论取得多大的成就都平静如水，好似什么都没发生似的，此乃低调者。但这些都是人们性格上的差异，不分你好我差，无关你对我错。

通过展示或炫耀，为了让自己开心，来获得自身的愉悦，让全世界都知道我为自己的成就而幸福。这难道有错吗？这种炫富很正常。

不过也存在个别不好的心态。有些个体，通过炫耀，希望别人羡慕，嫉妒，甚至希望别人生气，招致别人“恨”意。这种炫富，就是不正常的，就是病态的。

看见有人“炫富”，自己羡慕或嫉妒的人没有什么不正常。但是，那些看见有人“炫富”就生气的人，也就是“仇富”的人，或许“病”得不轻。

怎样做才是正确的呢？看见有人“炫富”，应无感觉或为人家开心。无感觉因为那是别人的事，与你无关；为别人开心，这就是你自己高尚的表现了。鲁迅先生曾说：“无穷的远方，无尽的人们，与我有关。”

渺小的生命，渴望向世界闪光。

好东西少得可怜，别让人家说我们也可怜。

恶搞
也要有底线

中国，牛逼的东西不多，拿得出手的，就甭恶搞啦。

前段时期，杜甫在网络上爆红，许多人将杜甫涂鸦为各种各样的人物。这些图片被称为“杜甫很忙”。对于这个现象，引来众说纷纭。我认为，“恶搞”也要有底线。

为什么会有这么多的人“恶搞”杜甫呢？有人说，只是学生和年轻人聊以消遣的小事；也有人说，只是对书本上的人物画像的小修饰。而我认为，其中的原因远不止这些，此现象泛滥之深，影响之远，是对中国传统文化的不敬。世界文化名人值得我们尊敬，对于杜甫这样如此伟大的精神巨人，我们更应该“仰望”，而不是视如玩物。

如此众多的人恶搞杜甫，其实就是在恶搞我们中国的传统文化。这已经冲破了“恶搞”的底线，娱乐的底线，对传统文化敬畏的底线。何其悲也！

纵观当今社会，多少人漠视传统文化？有多少人对传统文化不尊敬？又有多少人对传统文化不屑一顾？究其原因是什么呢？我认为是人们的心中存在着对传统文化了解的缺失。放眼现实：恶搞杜甫，改编古诗，穿越剧泛滥，用浮躁的精神快餐充当心灵食粮，虚无的现代“甘露”充当心灵鸡汤。何其衰也！

恶搞杜甫，对传统文化所带来的危害是什么？危害，就是人们心中对于中国悠久的历史文化的缺失感到愈来愈无足轻重。导致人们的精神世界越来越虚无缥缈，使人的内心被一些嘈杂的浮躁空气吞噬。中国辉煌灿烂的传统文化，不应被恶搞，被娱乐。杜甫之现象就是一个可怕的缩影，伟人们应该被我们尊敬、传承和敬畏。无论怎样，也不应该突破“仰望”的底线。

欣喜的是，在黑色的乌云中有一道刺眼的曙光已经乍然惊现。

俯观当下，越来越多的学校开始重视国文教育，越来越多的电视节目融入了传统文化的因素，越来越多的人用橡皮擦去杜甫手上的阻击枪……只要人们心中在意，只要有人对传统文化的守护不离不弃，中国悠久灿烂的传统文化就必与我们生死相依。何其壮哉！

朋友，停下“恶搞”传统文化的行为吧，打开泛黄的史卷，看李白“安能摧眉折腰事权贵”的气势，观李商隐“嫦娥应悔偷灵药，碧海青天夜夜心”的精神，望白居易“同是天涯沦落人”的感慨，品杜甫“安得广厦千万间，大庇天下寒士俱欢颜”的伟大！

这，岂不似空谷幽兰，带给你无限美好与享受！

好东西少得可怜，别让人家说我们也可怜。

做足面子的同时，要把里子做得更好。
更关键的是，名声比名气更重要。

名声与名气

据报道，利川市旅游局为在重庆推介利川旅游资源做的“我靠重庆，凉城利川”的广告，惹来众人极大争议。

我认为，利川此举恰是赢了名气输了名声。“我靠重庆”实不可取，名声比名气更为重要。

为什么此类低俗的潮语频频于公众广告出现？为什么此类低俗的潮语常常于大庭广众抛头露面？是为了迎合大众口味，产生轰动效应，使凉城利川深深被人记住；还是为了提高知名度，以此带来相应的经济效益。其实，这目的的出发点没有任何与广告内涵背道而驰的偏差。

广告的作用只有两个：一是被人牢记；二是由此产生的经济效益。只是从这两点来看，这条广告语算是达到预期的期望值了。

但是，这条广告语真的就那么好吗？我想答案已经昭然若揭。首先，低俗嫌疑容易造成负面影响。假设来到当地旅游的孩童看到这条“我靠重庆，凉城利川”的广告语，再目睹大人们的津津乐道，怎能不对此感到好奇？要说此低俗之语会影响小孩的发展未免小题大做，但会带来不良的影响的确无可非议。其次，此等标语虽然赢了名气，却输了名声。虽能给人留下深刻印象，但肯定不是好印象，因为它成为了为低俗推波助澜的始作俑者。最后，此举即使有轰动效应，对当地旅游业的发展推动未必“可靠”。若无丰富多彩的旅游资源做基础，若无琳琅满目的旅游产品做支撑，若无热情体贴且过硬成熟的旅游服务做后盾，游客即使记住这过目不忘的标语，又怎会纷至沓来?

然而，放眼看眼前电视媒体，低头看手中报刊杂志，低俗之风几乎无处不在。是什么造成如此现象？其根源何在？首先，“有奶便是娘”，当下社会人们普遍只要经济效益，不管名声如何，只求名气远扬。然后，便是走进了“物质在上，精神在下”的误区，只追求眼前利益，不考虑延后的后果，以至于出现低俗标语、劣质牛奶、黑心地沟油等为追求金钱而不择手段的行为，何其悲也!

但是，值得欣慰的是，在黑色的乌云中有一道刺眼的曙光已经乍然惊现。利川市旅游局已做好了更换广告词的准备，也有无数非法牟利的商家受到法律的制裁。放眼现实社会，争议的本身有助于扭转社会的歪风邪气，舆论媒体的导向有助于纠偏，人们理性的头脑与思维更能向社会传递正能量。

日前，更多的旅游城市打的是城市特色这张王牌，而早已摒弃低俗标语。例如“七彩云南，梦幻丽江”“福地齐州，山水会福”“五百里滇池春潮涌，一千年名城花盛开”……

其实，最关键的是，做足面子的同时，要把里子做得更好。更关键的是，名声比名气更重要。

不止是城市。

无论对汉语喜爱与否，它都是养育土地的语言。

中国文化的符号

大千事物，皆需要符号。

据美国《新闻周刊》报道：世界最具影响力的国家的前两位是美国和中国。代表中国文化的符号有汉语、长城、孔子等。

但我认为，汉语是中国文化真正的符号。

为什么这么说？或许有人会惊叹中国功夫的以柔克刚，有人会赞赏京剧的源远流长，有人会慨叹孔子的博大精深。但君不见功夫背后的儒家思想，京剧背后的经典台词，《论语》背后的字字珠玑。它们哪一个不是以汉字为根基，用汉语作为推广媒介，从而发扬光大的呢？更不必说唐诗的恢弘大气，宋词的幽婉典雅，元曲的绕梁三日，它们是以汉语为基石铺就的辉煌大道。

由此可见，汉语乃中华文化之符号。

对于国家，最重要的是什么？是这个国家的语言。没有本民族语言的国家，便好似水中浮萍，没有根基。为什么？因为对于一个国家，其灵魂、精髓为这个国家独特的文化，而文化必须通过语言作为载体来传承。

所以，汉语是中华文化的载体，是中华文化的精髓，是中华文化的符号。

但是，对于我们中华民族这一宝贵的文化符号——汉语，我们又是怎样对待它的呢？

中学生会因自己没能第一时间了解苹果公司的最新产品而懊恼，却不会因为从来没有读过四大名著而惭愧；大学生会因为自己能够讲一口流利的英语而欣喜，却不会因为可以流利地背诵《满江红》而骄傲；青年人会因别人高高在上的社会地位而羡慕非凡，却不会因为学者的饱读诗书而心生敬佩。

如今，我们文化的符号——汉语，地位似乎越来越无足轻重。

对于汉语本身是否还被广泛钟爱似乎也值得怀疑，就像余光中先生曾无奈地说：“当你的情人已改名玛丽，你怎能再送她一首《菩萨蛮》？”

汉语目前的处境，何其悲也，令人堪忧。

不过，不应如此悲观。我们文化的符号，我们的汉语不会就此沉沦。我们的汉语，虽然被部分人淡漠，但也正被另一部分人发扬。各地开设孔子学院；李玉刚开办演唱会，用东方神韵感染世界；莫言获得诺贝尔奖，表现汉字精髓体现当代国人灵魂状态的作品在各地热销，更使汉语，这文化的符号发扬光大。

无论对汉语喜爱与否，它都是养育土地的语言。

"轻微晦涩"属于不易察觉，影响渺小，
却绝不是浅层次。

高攀思想

最出名的充气玩具是什么？大黄鸭。

世界各地万人观看大黄鸭，大黄鸭在天南海北观看万人。这是为何？为什么那么多人对此情有独钟？

其实，细心观察不难发现，这种跟风随大流的思想澎湃得愈发强烈。许多人，假若什么东西一时声名鹊起，假若对他来讲不难实现，那么是一定要参与的。

为什么？简单的从众？

我不知道我是不是怪物，但这就是我的想法：高攀心理。

什么是高攀心理？与比自己高的人做相同的事，即为高攀心理。

例如，停车场，你停QQ，别人停法拉利；大黄鸭拍照，你举山寨手机，别人举VETRU。但你们都是来享受充气娃娃的。

此时你们处于相同的空间，于相同的世界，以相同的姿态做着相同的事。

潜意识里，你的行为和比你牛逼的家伙的行为一样，你就会觉得自己在提升，自己在高攀。

当然，这样的"牛逼"不免片面，不过其他也就是这个意思，外壳是相同的。

这种解释是解释"地位"较低的人，片面地说，即为"屌丝"。

那“高富帅”呢？这就复杂了。你可以说他是闲得没事凑巧来的，无伤大雅。

首先，假若你是“高富帅”。有人高攀于你，被人高攀，这是可以得到享受的。因为你的潜意识里认为他们这些“小人物”正受到扶持，而自己感觉好似被敬仰与推崇。

而更有甚者，自认“清高”，只要是扬手可打到人的地方一般不去，不想去或不敢去。现在因为多重原因被挤到大黄鸭前，抬眼乱看，四处巡视，潜意识里感觉脚下的土地因自己而蓬荜生辉。

很多人怎么会有这种天马行空的想法呢？只是单纯地玩了一趟。

因为这些人经过或闪过头脑的目的很单纯。但头脑已经主动过滤了潜意识，复杂的潜意识。

当然，这一切事物及过程难以察觉。

不得不再提及潜意识。潜意识常常受到主观本我的影响，某种程度上，它轻微晦涩却无比坚定地表现出真实的自我。

须记，“轻微晦涩”属于不易察觉，影响渺小，却绝不是浅层次。

它的层次是那样的深沉。

沉重得像你极力掩饰改变恐惧逃避的自我。

186

道德应该是行为的标准，而不是行为的拘束。

道德拘束

活在世上，我们总被无穷多的道德拘束着。

我认为，道德应该是行为的标准，而不是行为的拘束。

但是，这里“拘束”的意思是指不考虑实际情况，而被道德的普遍条条框框所禁锢。不被道德拘束，并不是说不讲道德，说不讲道德，更不是不以道德标准为底线。而是在道德的传统要求下，懂得讲求结合现实情形，然后再采取行为活动。

举个例子。

通常，我们总是对秘密充满好奇。甲同学和女友始终保持着书信往来。乙同学觉得，他和甲是好友，且之间无秘密可言。一次，乙禁不住好奇，拆开了那封信。

可能信的内容本没有多么私密，但不经本人同意私自拆看这一行为就有悖道德了。

此乃道德的拘束。

其实，这种拘束体现在多重方面。

有些老人身患绝症，接受的治疗使他们生不如死，这时子女监护人的表现各不相同。在此，用谁举例都不合适，只好用自己举例。

假如我已步入暮年，身患绝症，满身插管佩戴呼吸机生活高度不能自理。假如和我有关的一切人，单方或双方都看过了，见过了，照顾过了，回忆过了，心痛过了，难受过了，应该发生的都发生过了。

我，也模模糊糊或清清晰晰地感受过了。

没有什么更多的期盼了。

那么，请终止无意义的存在。

那么，请给我安乐死。

谢谢。

此乃不被道德拘束。

OH

HUM

AH

BAR &
RESTAURANT
CORNER
coles

每个人都应有一次被原谅的权利。

被原谅的权利

“每个人都应有一次被原谅的权利。”在哪里看到过这样一句话，虽然忘记出处，但仍记忆深刻。

之后，我并没有太多深入琢磨此话。不知何时，忽然忆起曾经上学时违反纪律，于是老师取消了我上晚自习的资格。当年，我就在想，真该被人原谅。

现在，我则考虑：人，应不应该有一次被原谅的权利。这得从多个方面谈。

权利这个东西，被人人渴望。在践行权利之时，人们往往得到满足与享受。所以，假若你只有一次被原谅的权利，而且你已经用掉了这一次权利，当你再犯相同或不同的错误时，当你再需要被原谅权利时，而你已经没有这权利。那么，你会怎样？你该怎样？你必然不满抱怨于自己希冀的权利的缺失，而后渴望再次拥有。

但，犯错，需要承担责任，而不是被原谅。

被原谅之后，你会态度认真诚心诚意俯首帖耳地说：“我知道了，我改，我一定改。”

但，由于你被原谅，你没有感受自己犯错所带来的灾难祸患，也没有承担犯错所带来的极大后果，由于你被他人纵容，你自己安于逃避，错误没有在你的心中留下应有的烙痕。

这便没有给予你教训，没有使你铭记，既没有体会苦痛，也没有品尝苦果，更没有承担责任。

由此，下次，你依然会犯错。因为你的潜意识知道，没什么，我有被原谅的权利。

无论是相同的抑或不同的错误，因为它们在你心中的地位皆相似，没什么，不管是小错微错，大错特错，新错旧错，我都有被原谅的权利。所以我认为，人不应该有被原谅的权利。

人，犯下过失，应该承担相应的责任，品尝错误带来的后果，体会真正的痛，才会使他真正的深深牢记，在日后才会对一切事物都认真小心努力对待，心存意识，心怀敬畏，尽量不再犯错，向前行走在正确光明的轨道上。

心存意识，心怀敬畏。

每个灵魂都有其存在的道理。
个人在思想上如何看待，只是情感使然。

强暴思想

某地狗肉节将杀10000条狗，遭到万人抗议。

杀掉这些狗，对有些人来讲好似杀掉自己的兄弟般心痛不已，对有些人来讲却无所谓且稀松平常。

不同的人，相差甚远的反馈，原因何在？

我认为，原因在于有些人对狗有感情，将它们视为人类最好的朋友；而有些人只把它们作为牲畜的一种，与猪马羊鸡无本质区别。

其实喜不喜欢狗，对狗有没有感情，多在于接触。人们若想要爱上什么事物，首先需要接触。有些人养狗，狗都能和他上床睡觉，这样必然接触得多，也就容易产生感情。而有些人，仅仅对狗肉的味道感触颇多。

这前后二者，只是个人情感喜好不同，好比我吃饺子不喜欢蘸醋，你吃饺子喜欢蘸醋，这都没有错。

所以，广大爱狗人士对吃狗肉的“禽兽”，或义愤填膺，或劈头盖脸，或心如刀绞，或悲极而泣，都是枉然。因为你不能将自己的情感加于他人，更不能妄图改变他人的思想。你把狗当作与你平等的一员，他把狗当作与牛平等的一员，还是那句话，这都没有错，只是人与人不同。

所以，爱狗人士没必要为此哭鼻子，吃狗肉的人也没必要为此撂筷子。

爱狗人士也别认为食狗肉多么残忍多么不人道。猪、牛、羊都要面临这样的事，它们又怎么不会感觉疼痛？它们又怎么不是生灵？只是由于人们与之接触的少，所以喜爱的少，关心的少罢了。这其实是广大牲畜的不幸。而猫狗，好在喜欢的人多，保护的人多，被杀的少，可谓异常幸运。

每个灵魂都有其存在的道理。

个人在思想上如何看待，只是情感使然。

佛曰：一枝一叶总关情。如若真想独善其身，出家。

能在赢时退场的人，才是真正的赢家。

赢时退场，真正赢家

人生是在失败和跌倒中逐渐成长的。

淡忘出处，感触颇深。

失败与跌倒，的确会使人成长。不要害怕，但一定要尽量减少失败与跌倒。

为何？我们不惧怕风雨，但要努力避免风雨。

假如提前于心中产生正确的意识，避免错误的意识，然后在实践中施行，遇到坎坷，依旧平坦；路遇障碍，依然泰然；面对陷阱，仍旧无恙。这会使你更加成长，凌驾于受伤之上的成长。

但是，就算心中已有意识，有时候也不免跌倒。为何？这类意识，多为从外界获取的意识。无论你是虚心接受，还是当耳边风。当然前者要好一些，诚然，它都不属于你，也未曾被你同化。这时，往往不得不通过使你受伤跌倒的形式，才能在你的心中根深蒂固。

相反，倘若某意识由你内心本源生出，那则为心底深深的烙印，无时无刻不准备为你指明道路，鸣响警钟。防止错误，令你成长。

也许有人会认为，此二者有如此之大的区别吗？获取的意识，如果自己洗耳恭听，躬亲实行，怎不如自身悟出的意识？

非常简单。贪婪，人之本性。

首先，失败、跌倒，是人在追求成功时的副产品。成功，是追求的目的。无限大的成功，是追求的终点。

“人往高处走”，每个人都希冀取得更大的成功。但假如太过于追求，乃至不惜越过底线，不惜以不该作为代价的事物作为代价，则为过分之欲望，则为贪婪。

在追求的时候，除了自己内心的准则，外界的因素都只是分量不同的参考。

所以，外来的意识，无论是以何种状态主动吸收抑或被动灌输，都需要经历刻骨铭心的实践和影响重大的结果，才有可能被同化。跌倒受伤，就是这样。

打个比方，一个孩子，我告诉他拉完屎一定要擦屁股，但他爸爸告诉他千万别擦屁股，他应该会践行后者。而当孩子践行之后，才会清楚地意识到正确的做法。

失败后，若不大贪婪，此意识可能会被你接纳；成功后，你必会追求更大的成功，此意识，或许只能成为稍清晰的参考，因贪婪程度而异。

送给所有正在追求、准备追求、不再追求、永不追求、不知何为追求的人一句话：能在赢时退场的人，才是真正的赢家。

无所可得，无所可失。

沿着某一轨道走久了，不论它是不是最好，是不是正轨，是不是将近尽头，你都会浅浅地爱上它。

我从未去过任何我未曾去过的地方

我从未去过任何我未曾去过的地方。这句话忘记从哪里看来。

对于它，我有自己的想法。

说实话，这是许多人内心的写照，在生活中许多小事上都有侧影。比如吃饭，渐渐不喜欢去没去过的餐厅；比如逛街，渐渐不喜欢去没去过的商场；例如聚会，渴望只有老朋友；例如旅行，渴望故地重逢……

我从未去过任何我未曾去过的地方。而且，我也不想。

这是为何？拥有感，控制感，这是两种很难解释且微妙的感觉。

当你熟悉并习惯一些事物、一些方式、一种空间、一种状态后，你便不想改变，既不想前进，也不愿后退，只想保持原状。然后在有需要的时候不断重复。

不管何种事物，不管它以何种姿态存在，不管你高大或渺小，都会在这之后对其产生拥有感和控制感。在潜意识中感觉它是你的，并感觉被你控制，甚至被你占有。因此，无形之中，冥冥之下你就对此喜爱，同时不希冀甚至厌恶变革。

比如你天天去吃麦当劳，有一天去肯德基，虽然说不出有何不同，但就是觉得不太爽快，不太自在，不太放松，不太舒服，还想回麦当劳，并近期都不想再来肯德基。我若问你，你只会挠着头说自己也不大能说清楚只是习惯旧的东西。

究其本质，你已经对麦当劳产生拥有感和控制感，就是这样。

沿着某一轨道走久了，不论它是不是最好，是不是正轨，是不是将近尽头，你都会浅浅地爱上它。虽然浅浅的，却忠贞不渝，不想变化。

因为难以察觉、实实在在、根深蒂固的拥有感和控制感。

不知道这是不是有点儿太扯了。

但“地球是圆的”当年也很扯。

在追求自己利益的同时，也尽量多地顾及他人的利益。

世界，需要正能量的翅膀。

换位
先于感受

身体不适，不得不去医院。

我对此极其厌烦，虽然在家也没什么重要事情，但仍旧不想打破一成不变的平静。

到达医院，下午一点半。不惊讶于挂号窗口一列列的长龙，只是奇怪为何长龙于原地盘旋。

队列，没有丝毫的移动。起初，我还为这不增不减的现象而疑惑，后来才明白原来窗口尚未打开。

我有点儿感觉莫名其妙，认为医院是否应该十二点半或一点便开始挂号。经询问不耐烦的护士，才得知还需要一刻钟才开始挂号，即为一点四十分。

这时间，是否应该早些，这么多人从大街小巷四面八方五湖四海风尘仆仆地赶来，带有各自的不适，怀揣病痛，这时间，是否应该早些？

没办法，医院就是如此规定的，我默默地站在了队尾。

当时，等待的过程中，我就不停地在心里抱怨，抱怨医院为何挂号时间如此晚，等等。而后想来想去，觉得有点无聊，便放任眼光四处游荡。忽然，发现挂号室的帘子上似乎有些空隙，仔细看，看见几个护士坐在椅子上歇息。

“我要是护士，希望再晚点开始挂号。”脑海里，一个声音这样说。这个声音清晰得仿佛是我自言自语。

这，就是换位。

当身为患者，我希望早开始挂号，越早越好；当身为护士，我希望晚开始挂号，越晚越好。我们都有各自的道理、理由、难处、苦衷……

我们谁都不高尚，只希望可以获得更大的利益。

当身处相异位置时，我们的第一想法，总是如何可以得到更大更多更好的利益。其次，才是站在他人的角度，为他人考虑，理解他人，帮助他人。这是层次的递进，依每位参与者的思想道德优良高尚的程度不同而决定此人可达到何种层次。就好像今天我身为患者，第一想到的是挂号时间太晚，而后才可想到其他。

这再正常不过，但每一个人，都应多站在别人的角度去思考问题，多想想“其他”，想到的“其他”应该多一些。

在追求自己利益的同时，也尽量多地顾及他人的利益。

世界，需要正能量的翅膀。

对于自己，希望有一天，可以换位先于感受。

200

人不能总是缺乏深谋远虑，
不能总是仰仗怀抱侥幸心理。

不可触及才感受

一天晚上，家庭聚餐，饮少辄醉，兀自溜达。

突发奇想，打算收拾衣柜。

遂打开衣柜，胡乱翻腾一阵，便准备关柜门。恍惚间发现柜门有可能夹到手，但因酒醉头脑昏涨，行动快于思考，关门先于缩手。

真的被夹了。

后来，我认为当时的想法是这样的：懒得动手，先把门关上吧，看看是否会夹到。而且，那时潜意识中一定存在侥幸的成分。

即使醉酒，也不应该这样。

对于许多事物，不可触及才感受。

很多时候，许多事物，假若尝试后才发现结果，好的就罢了，但若是不良之后果，岂不要自己承受一切？

所以，无论处于何种情况，均应提前作出判断，事先预料未来情况，然后再产生行为。就如柜门，先观察会不会夹住手，然后再关门。

其实，你可能会认为被夹手不足挂齿。不过，倘使以这种消极的状态行走于尘世，夹到的就不只是手了。

“车到山前必有路，船至桥头自然直。”这句话有时候不能坚信并以此安心。人不能总是缺乏深谋远虑，不能总是仰仗怀抱侥幸心理。

有时候，只不过恰好有路。

鼓掌应契合时机，踩脚应确凿无误。

沉默，不是哑巴

在某些场合时段，常常需要鼓掌。

但假若鼓掌不合时宜反而办了错事。

假设一个场景，讲座。

别人安静时，你鼓掌。别人鼓掌时，你安静。

哪个正确？

这非常复杂。

摒弃倒掌以及神经病种种可能。

第一种情况极可能是你猛然间感觉演讲者的某句话异常精彩，情不自禁地拍击双手；第二种情况极可能是你一直处于酣睡状态，从始至终心不在焉。

但大多数情形下，第一种情况你会遭到白眼和鄙视，会被认为是个傻缺二百五；第二种情况无人关注，你是个合格的倾听者。

事实上应该如此吗？

你认为，谁该受到表扬？谁该负担批评？

多么不公平。

其实，世风日下，有时候被关注不是好事。出人头地，积极参与，甚至不如消极应付。

同样，在军训的队列中，原地转向需要跺脚，假如你跺得不好，反而不如轻移脚步，不跺脚。

当然，若每个人都这样想就忒好玩了。能这样，但不应这样。

鼓掌应契合时机，跺脚应确凿无误。

能做好还是要做好，不能做好要尽力做好。

但万事皆如，存一例外——说话，沉默，无人认为你是哑巴。

如果想做好咖啡，必须有一颗咖啡师的心。

没那么高尚

刚才在车上，无意间打开广播电台，听到一个节目，大致是在采访一位挺有名的咖啡师。节目中，那位咖啡师这样说：“如果想做好咖啡，必须有一颗咖啡师的心。”大致意思就是假如你想做好咖啡，就必须要多么多么热爱这个行业，心如止水、心无杂念，等等。

我听后，觉得他应该是咖啡因吃多了。

我说，大家都别装了，都把那层薄薄的窗户纸捅破算了。上面这些对于内心的要求与自我所要达到的境界，针对的是学者、艺术家、作家甚至苦行僧这类人。

你一个咖啡师，别一讲什么都要让别人瞠目结舌、五体投地，让自己悲怆不已、痛哭流涕。你没那么伟大，也没那么高尚。

其实这是一个简单的关于“敬业乐业”的问题而已。

就拿咖啡师来说，在做咖啡时，别觉得自己比买咖啡的人委屈，多多寻找职业的乐趣与成就。在挣钱的同时，感知到职业的乐趣，这就足够且相当好了。

有时候，有些职业的乐趣与成就从客观与事实上来看的确如海中珍珠般寥寥无几。这时，你必须要骗自己，告诉自己所从事的职业多么多么牛逼。这样，你才能干好，才有机会找到职业的乐趣与成就。

为利而来，为名而往，没那么高尚。

许多人，许多人。

亲人，永远是最重要、最宝贵、最值得珍惜的财富。

重要的父母

在与很多人的交流中，我越来越发现许多人认为父母不重要，认为自己生活中的许多与父母无关，而父母给自己更多的是拖累……总之，父母的存在，弊大于利。

当然，这些人并不是希望老爹老妈去世，他们只是想让父母如陌生人般存在，除了给予自己利益好处之外不要出现，也不要存在交集。

抑或，忽然想念时，触景生情时，浅尝辄止见一见。

其实，事实不是这样的，人不能总是相信感觉。有时候，感觉太肤浅了，远不如思想深刻。感觉的深层即为思想。有时可以一下子感觉到深层，即感觉等于思想；而更多的时候人们却只能感觉到浅层，需要努力继续感觉和深入思考，才能够感觉到深层，才能令感觉等于思想。而这之前感觉却远远不及思想，不仅浅显，而且往往存有偏差。

浅层和深层，差异有时不仅仅在于层次深度，或许还在于方向。遗憾的是，感觉到浅层的浅层思想往往存在方向差异，往往是偏差甚至错误的。更遗憾的是，人们感觉到浅层之后，因为诸多原因，往往难以深入。

言归正传。许多人的感觉是错误的。无论何时何地，父母都以最重要的形式存在着。

许多人不知道，父母一直是他们一切行为思想的支持。他们感觉不到，是因为父母所扮演的重要角色，所占据的重要地位，只被他们的潜意识所感觉，于主观大范围意识中却被无意间忽视。

简单来说，是父母在供养着他们的思想，使他们的潜意识安心踏实，潜意识正向影响主观意识，潜意识与主观意识构成内心，继而使他们的所有内心感到安心踏实，使这整个人感到安心踏实。

他们的主观主体感受不到父母的重要性，但父母所给予的无价事物却被他们全部受用。

这样，有没有什么可以改变如此状态呢？

当然有。

假若是天生有思想，思想深刻者，莫须多言，一切清明，已然如是。假若是“许多人”，那么他需要思想上受到此方面的强烈冲击。何为“强烈冲击”？昔日炯炯之人，今朝一抔黄土，此乃极致冲击。

朝晖夕阴，不知晦朔，风云变幻，世事无常。

亲人，永远是最重要、最宝贵、最值得珍惜的财富。

讲座，如果意义不大，请不要参与。

假若必须参与，请确保自己的本心思想足够强大。

洗脑的讲座

人们常说讲座有洗脑的功能，前日躬身实践，方觉的确如此。

何谓讲座的洗脑？

就是把一些事物灌输给你，而且你接受了，同时你被同化了。甚至讲座开始之时，你所认为的一派胡言在最后阶段却被认为无比正确。

原因何在？

究其根源，有一种潜意识使然。

在听讲座时，坐在下面的椅子上，看着上面有一个人滔滔不绝地口若悬河。万籁俱寂，你与其他听众安静无声，专心与否不重要，你们都处于台下，都注视着上面那个人。

无论身份如何，不管内心何种状态，你都会认为台上的人是高你一等的大师。被这样的环境裹挟，你会认为演说者的话语都是正确的，应该被听众吸纳的。

真是这样的。

你的内心可能会有不和谐的声音，比如假意肯定他是招摇撞骗，假意肯定你听到的是胡言乱语，假意肯定他是花钱才得以站在此地……但你已经身处此种境地，落入旋涡，进入系统，无法脱离干系。你的潜意识会告知你，他能对这么多人讲话，肯定是有本事的；他对这么多人讲话，应该是正确的。而你坐在这里，必须带走些什么。

现在，他已经开始攻击你的思想了。

你固有的思想意识在这样的境遇下弱不可言，忽略不计。而假如你的本心不够强大，你就没有任何防御了。

就像城堡，围墙破败羸弱，且没有守军。

这，就是框格形式的力量。

对待讲座，或心不在焉，或全神贯注。所以，讲座，如果意义不大，请不要参与。假若必须参与，请确保自己的本心思想足够强大。

倘若，本心思想足够强大，请调动所有力量，尽力吸收或全力抵抗。

倘若，有一天我去给别人讲座，衷心希望听众不明白这些。

世界上最恐怖的事情是比你优秀的人比你还努力。

座右铭，不该如此低贱

“世界上最恐怖的事情是比你优秀的人比你还努力。”此为当下十分流行的一句话，甚至很多人都把它作为自己的座右铭。有的人本没有座右铭，看见这句话，有了；有的人本来有座右铭，看见这句话，改了。

有些人的 “箴言”、“格言”、“座右铭”等等真是改得好快啊，比对老婆编瞎话、向情人吹牛皮还快。

看见觉得好似更加契合自己的便将曾经的一脚踹开，然后某天又重新认为还是以前的更好，就又换回来。

这属于什么？属于，你真的没有独立的思想与意识。

那么，没有座右铭的人呢？其，尚不如前者。

连对自己的规则、守则、准则、要求、清规、戒律、禁忌、底线都没有，对自己想说的话都没有。

你，真的没有思想与意识。

何其悲也！

座右铭，不该如此低贱。

本宫的座右铭，多年未变，以后应该也不会改变。但若有一天，它有改变的必要了，我也不会挽留曾经的发髻。

这一切，只能说明我曾经思想还不够成熟。

对于改变，想说，任何的改变我都不喜欢而且抵触。

但若必须，该变，就变。

原谅我用低贱这个词，因为有的东西真的很贱。

真的很贱

闲来无事，去逛奥特莱斯打折店，发现川久保玲COMME DES GERCONS PLAY竟然打五折，顿时大吃一惊。

曾经热爱潮流的我，青春年少，常常游走于各个潮流聚集地。平时，也常常与志同道合的朋友谈论各类潮流单品。

多少年，大概所有人，当然也包括我，认为CDG PLAY永不打折。

在时尚潮流界，不打折的都是好东西，这是大家心照不宣的潜规则。因此，在同级别的商品中，CDG PLAY的单品被我们认为是比较不错的。不打折，就是一个很重要的因素。

但现在，却变成这样。

不打折，这是PLAY曾经的承诺。过人之处在于，这是有延时效果的承诺。

因为一开始不打折，我们觉得这个品牌牛逼，这就是影响。而日后，它也加入了打折的行列，但这个原先的影响犹存。因为在最初，它存在与众不同的优点。即使现在打折，我们还是认为它仍然存在许多优点，仍觉得它不像其他潮流品牌那么低贱，好似LV与GUCCI，LV就是不打折的。

原谅我用低贱这个词，因为有的东西真的很贱。

从前承诺不打折，对受众有影响；之后粉碎承诺，影响依然存在。类似毒刃，刺中时疼，拔出来后依旧疼；类似赛车，起步最快，之后与其他车速度一样，却依旧领先。

承诺的延时效果。起先某人承诺了什么，且的确兑现了承诺，你感觉这人不错；之后他毁灭了这个承诺，或不再承诺其他，或只做虚假承诺，你深知一切，却宽恕，原谅，只念到他往昔的好，依然在潜意识里感觉这人大体上不错。

似情人，似初恋。

究其本质，挖其根源，剥其糖衣，就是骗人。

人有追求美好的本性。
假若没有美好，就会挖寻或捏造美好。

罪恶，可以宽容，但不要接受

那天我去听了一个讲座，主讲人是我的朋友。内容无关痛痒，到场纯粹给他面子。

不过，在乱七八糟的胡言乱语中，有一句话被我记住了。朋友说，自己公司的领导还是挺不错的。

我记得，曾经他的口中，多半是骂这个领导如何操蛋傻逼无情无义狗屁不懂之类的话。

但我肯定，从当时的状态来看，那天在讲座上他并没有说瞎话，他真的逐渐地认为自己的领导还是蛮不错的，而且会越来越不错。

我了解到，他的领导并没有什么改变。那么，为什么朋友的认识会改变呢？

我认为，在长期的时间进程完结后，他习惯了领导的黑暗，探索了领导的光明。

的确如此。在与人，尤其是与高层管理者、领导者的相处中，假设该高层特别讨厌，有无限的恶心和邪恶，你一开始一定会对此感到无限不满。可是身为下层建筑，你又无能为力去做任何能改变此不良状态的事。因此，你唯一可以做的，就是适应，苟且，哪怕削足适履。因为，弱小的你要在此努力生存。

于是，久而久之，你会对此习惯。继续下去，你会更加习惯，会更加认为这无比正常。然后，对于这群领导，这种现象，你会忽视这些下流罪恶，然后奋力探索搜寻其中变态扭曲的无限光明。

人有追求美好的本性。假若没有美好，就会挖寻或捏造美好。

就好似军训中的学生。起初你会认为军队要求早起非常讨厌，时间久了，反而盼望早起看美丽的日出。人就是这么容易成为原本自己不想成为的样子。

当然，这个例子有失恰当。我告诉你，不应该这样。我告诉你，我不会这样。

不论任何，勿变初心。最初的想法不该改变，因为最初的内心是正常平静纯净光明的。

罪恶是什么就是什么。在世俗的洪流中，它们非但不会变好，反而普遍愈发黑暗无比。因为它们原本已经自甘陷入世俗的泥淖，于其中美妙享受。

罪恶，可以宽容，但千万不要接受。

很多时间，很多空间，很多事物，
不必争快慢，无须斗高下。

比你优秀，比你努力

世界上最恐怖的事情是比你优秀的人比你还努力。

人们有着不同的追求。比你优秀的人，比你还努力，其实不是什么恐怖的事情。远远没有向邻家女孩打飞机之时被自家女孩发现恐怖。

为何？首先，比你优秀的人，他们往往渴望更加优秀，渴望登上更高的平台。而他们往往已经身处高位，向上必然更加艰难。所以，他们必须努力。而你，身处较低海拔，向上，大约不会同等艰难。好似登山，你在五百米，他在五千米，都想往上一百米，他必然会更加困难，比你努力。除非你是特殊人士，否则谁都不能一步登天。

别太奢求，向上就好。但要持续向上。

其次，那些比你优秀的人，优秀或许只是片面的表现而已。他又没睡你旁边，你又怎能知道他的全部？很有可能那些优秀的人在光鲜背后有着无数的苦衷、困难、问题、丑陋……他们，不得不通过更加努力来去除、弥补、修饰、掩盖那些不希望暴露于世的方面。因为人们多扬长避短，多喜以长处示人。

所以朋友，别恐怖。没准业绩、水平、工资都比你高的同事比你还努力是为了偿还刷爆信用卡的债呢。

看问题、看现象、看事物千万不能片面，不能坐井观天，不能管中窥豹。不论对自己，抑或对他人。

最后，天下熙熙，皆为利来；天下攘攘，皆为利往。只有一个蛋糕，每个人都拼尽全力想吃掉最大的那块，并想方设法吃掉别人准备吃的那块，且千方百计打算吃掉别人还没吃完的那块，还绞尽脑汁不择手段希望除掉所有“别人”，唯己一人独享蛋糕。

锱铢利害，毫厘之争，无所不为，反目成仇，两败俱伤，头破血流。

这，难道真的值得吗？

朋友，别争了，别为功名利禄相争了，别为浮名虚物相斗了。

比你优秀的人，且任他优秀；比你还努力者，且任他努力。

别人不能选择放下、不能选择离开、不能选择释然，那是别人内心的体现，你无法干涉，也无需干涉，更不用在意。在意的少了，得到的就多了。只要你自认一切已然不错，处于正轨，已经幸福，守住，安享，一切安好。

很多时间，很多空间，很多事物，不必争快慢，无须斗高下。

人人都喜欢被关注，人人都喜欢成为主角。

我是主角

俯观今日社会，越来越多的草根登上各种领域的舞台，为人熟知，受人欢迎。

娱乐圈可为代表。

君不见王宝强出演《天下无贼》一炮而红；小沈阳于春晚一展歌喉而世人皆知；李宇春于《超级女声》脱颖而出后"玉米"多于玉米……总之，草根好像十分被大众喜爱。原因何在？

人人都想成为主角。

人是渴望被关注的生物。黎民百姓、普罗大众多为草根，未成名前，这些明星同样是普普通通的一员。而当他们站在大舞台上、镁光灯下尽情挥洒之时，许许多多的草根便会感觉到，不仅仅是舞台上的表演者，自己这个群体正被关注着，簇拥着，敬仰着，欢呼着。每个人都感觉自己仿佛正立于舞台上，自己正是主角。

很奇怪却很正常的心境。为何？

人类有一种群体情结。

简单来说，就是当所处群体中的一员处于高位之时，会感觉自己同样处于较高之位。打个比方，你一个人沿着长安街跑步，连你都认为自己是神经病。但假如连你在内一百个人沿着长安街跑步，你肯定昂头挺胸，全身心充满了优越感，感觉自己在参与一项伟大的行动。这，就是群体情结。

同样，李宇春在台上很牛，台下的草根同样觉得自己虽然不如李宇春牛，但我们是同一群人，也比较牛。

人人都喜欢被关注，人人都喜欢成为主角。

226

人是希求被治愈的个体，希望被安慰的生物。

但行好事，莫问前程

今天在一微博签名里看到这样一句话：但行好事，莫问前程。

怎么说呢，这句话是相当不错且正确的，但是恐怕不是所有人都可以正确理解。

如今，多少人都将这种带有励志或治愈系的格言作为自己的座右铭，抑或没有座右铭如此严肃但性质相同的“人生指导”。

对此，拿“但行好事，莫问前程”这句话来说。首先，这句话，我这样理解：只要在做好事，就不要问前程如何。

假设有一个浑浑噩噩、无所事事、枉费青春的人，他的前程必然如太阳落山般一片灰暗，必然不喜欢别人多问，也不希冀自己多想。当他看到这句话，必然眼前一亮，“莫问前程”嘛，最好谁都别问我的前程如何，他无比喜欢这句话，将其作为座右铭，成为留在心底的风景。

一定有人会质疑：“但行好事”他是如何看待的呢？兹认为，他都没看。为何？

人是希求被治愈的个体，希望被安慰的生物。

但是，被安慰或被治愈的前提是你的确受了伤，而且是源自外在事物对你的猛烈打击，而不是由于内在因素浅陋使你未能抵御处理正常挑战亦或招来祸患。

当人受伤时，最渴望的就是被治疗。身体外形如是，情感心灵更甚。在这时，人的潜意识就会夸大到可以治疗其创伤的事物，在夸大的同时，便会曲解事物本身的意思。

就好像上面这句话，那人只会看到“莫问前程”，并不会注意并考虑到它的定语：“但行好事”。因为他的内心此刻迷茫悲苦惆怅凄凉，急切需要安慰。他需要外界的理由来使自己安于不想改变的现状；他对自己的所作所为产生疑问并极力声讨，但是他又不能也不敢有所作为；他的良心不安，所以他需要外界的某些事物来安慰心灵。“别问老子的前程如何”这句话出现在一些平台的铅字或屏幕上，这就足够了。

甚至有时候他会将前面一句话扣在自己的帽子上，感觉自己正是“但行好事”，这就有点儿可怕了。为什么？有很多原因。但其中一点是，许多人都这样。

观当今现状，“治愈系”的事物，包括类似这种事物的，广为人喜爱，因为很多人好受伤。但你要知道，有些人受伤，是真的受伤了，是因为内因而受伤的，这就需要自己做一些改变或改正。而不能靠外在事物来安慰因内在原因而跌倒的自己。

做个不大恰当的比喻，好比你在黑夜走路时被地上的板砖绊倒了，你可以指责环卫工人工作不认真。但假如你在大白天走路时被地上的板砖绊倒了，你还指着环卫工人的鼻子骂，看到横幅上写的“摔倒是板砖的错，与我无关”后点头称是并将其作为人生箴言，你不是傻逼是什么？

假若黄片被搬上银幕，普通人便会感到自己被人仰望。

这片不黄啊

“这片其实不怎么黄啊。”这是在某电影院听到的一句话，那时放映《色戒》。

毫无疑问，此人意淫中的《色戒》应该在裸露的地方更裸露，在大胆的地方更大胆，在激情的地方更激情，在香艳的地方更香艳，总之，在色情的地方更色情。

其实，我认为，这些词语与《色戒》产生关联，本身就是对影片的侮辱亵渎。观影，要从整体来看。片面、狭隘，就错了。

当然，对于产生片面狭隘观点的人，第一，从专业眼光来看，显然不是隶属电影行业乃至整个影视圈的个体；第二，从社会人格道德品格世界观价值观来看，显然十分低俗猥琐鄙陋龌龊。

当然，我要说的主要不是这个。言归正传。

这个人，说出了这句话，代表了一类人。

诚然，十分正常，很多人在观影之前势必会胡思乱想，然后希望观影之时能梦想照进现实，在中国，在大银幕上，在中国的大银幕上，看到黄片。

为什么许多人想在大银幕上看到黄片？我们不谈论思想，太远。我们论现实。

说实话，这些人，他们想看的其实自己在屏幕上早都看过，并不缺企盼出现在银幕上的这段。我认为，究其本质，黄片难以在台面上粉墨登场，难以在公众场合成为独角戏主角。而这些人呢，虽差异万分，却大多平庸无奇，很大程度上恰似黄片，难以在周遭的生活中被广大人民公开关注，难以在万人注视之下抛头露面。

假若黄片可以上银幕，普通人便会感到自己被人仰望。

人类渴望被仰望。

如此，乍看来颇为荒谬，其实与相似心理学大致雷同。

即便完全处于不同领域，不同空间场，即便完全没有联系，没有交集，即便完全属于不同物种，不同事物。但，却有完全相同的类比产物。在想黄片，在看黄片，或仅仅意识到黄片这个事物时，已然产生联系，已然进行类比。

所有的事物必然存在联系。只是方式微妙诡异。

你比我强我生气，你比我差我开心。

宫斗与热闹

宫斗，基本指的是嫔妃争夺皇上恩宠这件事。

为何人们如此喜爱“宫斗”？

首先，好比路上打架总有一帮人围观，人们总喜欢看热闹。其次，看惯了现实中的“热闹”，自然喜欢看看古代的“热闹”。最后，皇帝后宫这点儿事都是大家十分好奇感兴趣的。

我不禁想，为什么中国人那么爱看热闹？其实很大程度上是充当旁观者的角色。这种旁观者，看到不如自己的人产生优越感；看到别人窘迫困难的状态庆幸并开心；看到比自己强的人心生羡慕嫉妒恨；看到别人优越得意的状态巴不得出现不测。

总结一句，这类人，你比我强我生气，你比我差我开心。

此乃劣根性。

所以，为什么好多人喜欢看宫斗剧？为什么好多人喜欢看“XX调节室”等节目？

因为他们可以对那些皇帝身边的女人的命运大发评论，大肆臆想；他们可以对那些毫不相干的家庭矛盾点头摇头，津津乐道。

他们感兴趣于那些矛盾的起因、经过、结果，感兴趣于这些故事，仅此而已。并不为这些故事中的主人公而心生波澜。这些人好单纯，茶余饭后，摇着蒲扇，嗑着瓜子，他们仅仅喜欢这些故事。

人们其实喜欢“事不关己”的事物、事情、事故，因为人们讨厌压力，讨厌动脑，讨厌与自己有关，讨厌情感思想被大幅度牵动。“隔岸观火”，是很多人喜欢的。

Witchy

对错，有时重要，有时必要。

对错的重要与必要

对错的重要与必要，这是个相似却不同的问题。

重要，具有重大影响或后果，具有很大意义。

必要，不可缺少，非这样不可。

好久没用百度词典了，自从高三之后。这两个词语的意思我一直分不太清，好在高考之时没有出现。

而现在，想谈谈对错的重要与必要。

对错，有时重要，有时必要。

当重要时，是它具有重大影响或后果或有很大意义，但它不一定要发生。就好像如果你成为国家首脑具有重大影响或后果或意义，但不一定要发生，也不一定会发生。同样，有些事件，有些结果，对错十分重要，它的重要性被所有人深知，但是，对错没有必要发生，发生也没有意义。有些事，不必争出对错。

当它必要时，是它不可或缺，没有它不行。既然不可缺少，既然非这样不可，那么，此时的对错则必须要发生，此刻的事件则必须要分出对错，哪怕你死我活，成王败寇，哪怕狗咬狗，一嘴毛。这种事情，对错意义便重大，就不能驻足于仅仅被人了解知道的层面了，更要被践行，被区分，被辨别，被拎清，被公之于众，那些“有所需”之众。

当然，有些对错从各个方向、各种空间来看都没有丝毫意义，既不重要，也不必要。

怎能不争对错？对错，重要吗？

因事而异、因人而异、因时而异、因我而异。

落魄时不堕落，牛逼时不得瑟。

言不由衷与虚伪自私

当军队将身披国旗的烈士遗体交给家属时，长官总是对那些号啕大哭的人说：“我很遗憾，我十分痛心……”等等话语。

其实，包括长官，包括这名士兵的其他战友，心中都有着无限的悲伤，但是，在他们心中，更多的则是不能称之为喜悦的喜悦，不能称之为欣慰的欣慰。因为，还好，死的那个不是我。

这是人性本能的表现，也是人类劣根性的表现。真正认为“我更希望自己死去而不是战友死去”的人，实在寥寥如宇宙中一粒尘埃。他们只有在特定的躯壳中，特定的场合里才会闪现。

人其实都有虚伪自私的一面，这很正常，是一种很难去除的劣根性。

举个例子。比如考大学。你考上了，我没考上。我的内心一定在嫉妒你，我对你的恭喜一定带有苦涩，我说的话一定言不由衷，你也一定知道，而你也受用于此，且拍着肩膀安慰我。我想成为你，你不想成为我；我感到羡慕嫉妒，有无恨之入骨取决于我的素质；你感到欣慰喜悦，有无幸灾乐祸取决于你的素质。

两个人，只有前者是朋友；只有后者是敌人；二者皆有为同伴。

这都是正常的。世间就是这样，很多事情，虽然错误，却十分正常。

应如何？于别人，羡慕归羡慕，嫉妒归嫉妒，恨归恨。不谈乐于助人，只求别做出加害于人的行为；于自己，别太受外界干扰，未出土而有节，乃凌云仍虚心。

落魄时不堕落，牛逼时不得瑟。在自己弱小时能不竭向上，在自己强大时能低调为人。这就是给社会作贡献了。

身处于此，我们无法做到高尚，无法做到完美，但须无上追求。

应在尚可以听见内心话语之时，
早日醒悟，早日退出。

瘾

今天上午，有个长辈给我打电话，说他儿子特爱玩网游，网瘾很严重，想让我这个同龄人找他谈谈。

我想了半天，觉得最有效的方法有二。一是让他喜欢上街机游戏。然后因为街机厅距离较远，交通不便，自然可以有效地抑制“瘾”；二是给他推荐一些网站，让他迷恋上玩某些游戏和看某些影像，最后因精力原因彻底远离电脑。

我大概忒误人子弟。

开玩笑的。

不过，我忽然想谈谈“瘾”这个问题。能成瘾的事物，均可给予人快乐。不论这快乐是阳春白雪或下里巴人，都属于快乐。

之后，低俗的、无益于身心健康、带来不良后果的事物，就变成了“瘾。”例如网瘾、烟瘾、酒瘾、毒瘾，等等。

为什么这些瘾都很难戒掉？

我认为，这其中的原因不仅是单纯对快乐的难以割舍，还有其他深层的原因。

无论你愿不愿意承认，每个人心中都有善良的、公正的本性，都有良知、良心。它会适时发出正确的声音。坏人做坏事，只是它被更强大黑暗的力量掩盖遮蔽而已。

当你做不良的事情时，比如无节制地上网，你的内心便会告知你的潜意识：这是不对的，你是不对的。而你总体意识就会表现为对自己的行为感到悲伤、难过、负罪、痛恨。这是内心的体现，是良心的体现。

与此同时，你的主观，既然感到悲伤，那么自然要制止悲伤。这是不受你的自身思想控制的。

如何制止悲伤？获得快乐。如何获得快乐？继续做事。

意识是如此之快速，之直接，使你良心之外的内心只能选择继续下去。许多瘾皆如此。

如此恶性循环，导致你良心发出的声音丝毫听不到，于是形成了深深的瘾，形成了顽固的劣根。成瘾越久，越难以隔断。

应在尚可以听见内心话语之时，早日醒悟，早日退出。

自然无情，知行敬畏，社会亦然，更且有甚。

观潮者

那日听新闻，今年，钱塘江大潮，又有几个观潮者被潮水卷走丧生。这大约是每年都会发生的事情，几乎已成定律。这些人，有谁不知道什么是危险？又有谁不知道钱塘江观潮每年都死人之情况？既然如是，为何不加小心？为何粗心大意？为何悲剧几经重演？

不要说是人们对大自然缺少敬畏，没有那么深奥。

其实，究其本质，这是人类对未来危险的轻视问题。未来的危险，不同于未来的困难。未来的困难，多半是能够预见的，能够预想的，更是积极人士能提前琢磨考虑解决方法应对手段的。困难，它隶属人的已知范围，或较为浅层显明的未知范围。

而未来的危险，多半是在人的通俗浅显意识中不大可能出现发生的事物。

因此，人们往往将其轻视，认为它根本不可能出现，完全不现实，是彻头彻尾异常荒谬的，距离无穷遥远的，认为它的坚实扭曲使它无法进入现实的、实在的、有序的空间。

人应该重视并正视未来的困难，想出解决应对办法；人应该更重视并正视未来的危险，尽早想出解决应对办法。

意识非常重要，均需付诸行动。

打个比方，我是一名观潮者，大堤上人群众多使我抢不到观看的好地点，此乃未来的困难；在人群中，我或许因为踩脚等小事与他人打斗，看似属于危险，但因为其十分现实，此亦乃未来的困难；观潮时，我被汹涌的潮水卷走丧生，此乃未来的危险。

但怎么可能呢！那种事太不可能了！怎么可能发生在我身上。我哪里会遇上这种事。这，便为许多人的真实想法。

许多人因此命赴黄泉，更多人侥幸躲过一劫。希望活下来的人能改变想法，劝导以及制止周围未能改变想法的人，更希望所有人都能尽早明白该明白的事理。

自然无情，知行敬畏，社会亦然，更且有甚。

洪水波涛烈，巨浪击长空。

愿死难者安息。

请尊重一切梦想，因为那是每个人心中向往的天堂。

无端叫嚣，干涉梦想

近日，网上评出“新四大俗”。城里开咖啡馆、辞职去西藏、丽江开客栈、骑行国道318。

对此，我想说，请尊重梦想。

这些，都不是轻而易举的事，完成它们，都需要勇气、毅力与坚持。这些都应作为梦想而存在。

嘲笑调侃这些“俗”的人们，多半是没有能力来实现它们。因此，才会吃不到葡萄说葡萄酸，才会评论自己“看不上”却也渴望实现的“四大俗”。

同样，“旧四大俗”依然如此。穿MMJ短袖，踏CL红底鞋，挂印度佛牌，拿VERTU手机。口口声声谈论这“四大俗”的人，多半是买不起这些的人。他们没有，他们买不起，他们羡慕，所以他们说这些“俗”，说有这些东西的人“俗”。

就好似在大街上，拉出十个人问他们喜不喜欢美国，八个会说讨厌。而当你给这八个人绿卡，再问他们喜不喜欢美国，七个会说喜欢。

不过，这“旧四大俗”的确有些虚荣的成分，炫富的杂质，不如“新四大俗”有意义、有内涵。但，倘使我用努力换来金钱，我要享受奋斗的成果，我就想通过这种方式，我就想买曾经遥不可及的奢侈物品，何错之有？即使我拿出来炫耀，也是在炫耀辛劳的果实，这又何错之有？

其实，这“旧四大俗”也是一种梦想的外在体现。这梦想就是事业成功之后，得到金钱，然后买自己喜欢的东西。

同样是梦想。

那么对于这些嘲笑调侃对“四大俗”不齿厌恶的人来说。既然我无法完成这些，那我就诋毁这些事情，诋毁已经完成或正在进行或准备践行这些事情的人。

美好的事物，既然我没有，便要抹黑，便要毁灭。

对所有人，我想告诉你们，这是梦想，有意义的梦想，不平凡的梦想，伟大的梦想。

倘若你热爱它，请你努力实现。当你到达，会见到最绚烂的风景。

倘若你厌恶它们，请尽力绕行。你无权干涉别人，更无权干涉别人心中独有的梦想。你可以不喜欢，但你无权干涉。

须记，当你在无端叫嚣之时，也在干涉别人。

无数的人，正在路上，以自己的方式奔跑着，在自己的轨道上前行着，请尊重他们，也请尊重自己。

请尊重一切梦想，因为那是每个人心中向往的天堂。

如果你想无愧于存在的一切美丽，
任何形式的罪恶都是罪恶。

微暗的火

宽容这个词，多方所指。

假如我打了你，你原谅我，是宽容；你的集体原谅我，是宽容；我不再打你，是宽容；我的集体不再打你，是宽容；你的集体原谅你，是宽容；我的集体原谅我，是宽容。咱俩原谅集体，也是宽容。

乱七八糟听着有几分云里雾里。举个广为熟知例子，两个班级，二人打架，就是个完美的印证。

一直敬佩时常忏悔的人，他们敢于直面自己的罪恶。

很多时候，我们的外在行为是高尚的、正常的，但内在思想是龌龊肮脏的。我们没有将其付诸行动，但我们很想。我知道有那么那么多的条框禁锢，有那么那么多的扭曲魔鬼，但我想。

当然，好多的事物当然不行。但我的内心希望。在希望的意淫世界里，没有惩罚，没有罪恶，没有痛苦，只有希冀的事物和企盼的结果。

你觉得，内心的邪恶算是罪恶吗？他想和可爱的小姑娘发生关系，但他只是慈祥地摸摸她柔软的金发。这是罪恶吗？

我认为，如果你想无愧于存在的一切美丽，任何形式的罪恶都是罪恶。

形式不是区分本质的谎言。

所以，我认为，多多忏悔吧。认为自己萌生了罪恶的嫩芽，就去忏悔吧。不一定必须去什么考究的地方，当然形式环境有着不可割舍的力量，但坚定、正义、被光明和爱引领的心是最重要的。在心里，面对，勇敢，刚直，果断，坚毅，不悔，拔掉它，除掉它，毁灭它。

虽然一切短浅，但仍旧经历过，你会了解什么是重获新生。

那感觉，仿佛身着单衣站在寒风凛冽的海角上，面对苍茫大海。然后，一捧白色的、更冷的水从你的头上慢慢淋下，你只感觉微微冰冷。

那感觉，亦仿佛在一座宏大的、无人的、无声的教堂，安静的阳光透过彩色的窗户播撒在地板上。

这一切过后，你会感觉周身轻盈，眼前清晰，恍若摘下了一个无形的面具头盔。

跃动的阳光下，握住微暗的火。

九月晓风残日退，玉盘枝头甚风流。
饕餮珍馐精神爽，杜康三巡斗身清。
今日冷秋别寂寞，请君把酒月当歌。
南望烟枝弥散处，同是天涯万里人。

第五章

在路上，和未知的自己相遇

I
am
better
than

2P
8AM - 7PM

光，若选择照耀，请更加炽烈。

我，若选择迎接，请昂首前行。

香港，繁华似锦

充斥在炙热的海洋空气中，行走于繁华熙攘的街巷楼台上。

香港，我又来了。

记不清这是第几次来香港，每次来都有不一样的感受。

很多人问我："香港，有什么意思？不就是买东西吗？"我只是笑笑，不说什么。

我就是喜欢这座城市，很多原因，每一次与它亲密接触，都是一种享受盛筵。

虽然香港不比北京闷热，但仍旧燥热异常。此次前来，本想去大屿山看看，无奈被酷暑阻拦。其实，还因为同行者皆十分怕热。因此，只得辗转于各种商场，逛街都仅有寥寥几次，微微遗憾。

此次香港之旅中，印象至深的当属兰桂坊。

来过很多次兰桂坊。去年来这里是一个上午。我也喜欢晚上泡吧，但忽然发觉，正午在这里慢慢地行走，体会与夜晚截然不同的安静，看看沉睡着的酒吧，望望不那么繁杂的街道，静静地，一个人思考点事情，也别有意味在心间。

所以这次决定重来。

到这里后，吃过早茶已经十一点，站在街上，望着向上延伸的马路，太阳依旧耀眼。

向上走，不时感觉有风掠过。这风，一定是从远处的海面，穿越无数酒吧，钻过无数高脚杯，划过无数致密空气才拂过我的面颊。或许这风一直在某个角落睡觉，期待与我重逢，见到我便立即飞了过来。又或许，只是普普通通的一阵风，但我感觉到了，去年此时，同感。

阳光洒在我身上，很热，却只觉得暖暖的，很舒服。看着空旷的街道，几乎无人的酒吧，远处机车的轰鸣与轻轻的爵士乐交织在一起。抬头，蓝天上洁白的云；低头，强光下斑白的地。云彩仿佛静止，微风难以撩拨；马路似乎浮动，大概高温作祟。曾经郁郁青青的山已被几栋小楼改变了风景。

继续往上走，到半山，将有自动扶梯。此时，我选择了向下走。去年也是这样吧。

一路下来，酒吧少了，多了一些千奇百怪的店铺，甚至包括克里斯提——布鲁托CL红底鞋。建筑似乎显得也矮了，阳光倒显强劲，迅猛地触碰我。倘若将阳光的抚摸比喻为按摩，此时的按摩女郎也应来自俄国战斗民族吧。如此强烈的触感下，只觉眼前有些晕眩，周遭有些幻化。我索性眯起眼睛，轻轻陷入了淡淡的回忆。

去年，那时，我还是我，形态没有多大变化，不同的是意识，是思想，是状态。

那时的我，前途有着些许的迷茫，面临着高考与艺考的双重压力。我来香港也是为了放松，纵然面临许多问题，纵然有诸多繁杂事件，我还是快乐从容地做着当下应被进行的行为，放松和休息，有条不紊地计划着将要发生的事，文化课和专业课。

那时，我其实没多想什么。对于一切，我只想按照自然发生的顺序，一件一件去做，并一件一件将其做好。按部就班，不急躁，不紧张，不放弃，相信自己。

前者，虽非今朝有酒今朝醉，但也为人生得意须尽欢。心中大约于此时已“不念过去，不畏将来。”管它之前考得怎么样，管它以后会考得怎么样，先去IT买BAPE好了。

既然去玩，就好好玩。同样，既然去学，就要好好学。

后者，恐怕我当时也对未来迷茫，恐慌，但我从来没有怀疑过自己，没有不相信努力不会有回报，也没有怀疑过自己以后还能不能继续努力。我一直坚信，只要努力，只要相信，只要坚持，没有达不到的终点。我始终相信，我能行。

睁眼，是中环的中心。

繁华似锦今犹在，我，唯不懈前行。

这里是香港。

此时，阳光毒辣。

光，若选择照耀，请更加炽烈。

我，若选择迎接，请昂首前行。

只有在努力，向上，奋斗，不懈拼搏后，才会坚实地品
尝到享受的滋味，幸福的触感。

巴厘岛，梦中看海

巴厘岛，仿若梦一场，此时我最想表达这句话。

回想青葱岁月，这句话也是当年青涩的我从意大利归来提笔写游记的开头。这种偶遇，真是感慨甚多。

在去之前，我就对这次旅行充满着向往，碧海蓝天，阳光沙滩，海风棕榈。当到达时，我发现，正如所想，我到达了向往的天堂。

心有天堂，天堂不远。

入住的酒店是赫赫有名的地中海俱乐部Club Med，环境十分喜欢，度假村依海而建，出了房间小踱几步，便是大海；不出房间，抬头望向窗外，便可看到仿佛建在伊甸园中的酒店。度假村的设施十分丰富，包括空中飞人、健身房、运动中心、剧场，还有我最爱的酒吧餐厅等。

我十分享受观赏花园。站在悬空的走廊里，看着下面的一汪碧水，脚下是一小片陆地，有只亭亭玉立的白鹭站在岸上。水中一条条五彩斑斓的锦鲤在游弋，美丽夺目，让人不由得眼花缭乱，也给人热闹非凡、生机盎然的感觉。视线往上游走，几条大蜥蜴闯入眼帘。在这里，在这样的水池中，巨蜥栖身，

震撼之深，触动之大，用“闯入”这个词一点不过分。我喜欢巨蜥，很小就喜欢，甚至当年有机会养一条科莫多龙，但由于我具有渊博的动物知识，知道它极其危险，所以放弃了这个机会。水池中，几条巨蜥无拘无束地游弋，粗壮的尾巴向舵一样在水面滑行，留下一条条像小型快艇驶过似的痕迹，时不时地将像风帆一样的小脑袋探出水面，观察下一个猎物。这时便会激起些许浪花，这一朵朵浪花，像一条条透明的海豚在水面跃起、落下，跃起、落下……当然，锦鲤是不能供它们大快朵颐的，只能对一些小鱼下手。水池中有一方陆地，不大，面积相当于几张桌子，但上面有着不少植物，品种和度假村里的其他植物相似，但面对这些品种繁多琳琅满目的热带植物，我只认出了一棵圆叶铁树和一棵小椰子。池边也有几只巨蜥悠闲地趴在池边，享受着毒辣但懒洋洋的阳光。看着这一派景象，感觉看到许多喜欢的东西，心中十分舒坦。将头探出屋檐，暴露在阳光下，也是一种享受，只是不能坚持很久。须臾把头缩回，看到一条蜥蜴正仰头看我，心想可能打扰了这敏感的小生灵。

对于这个度假村，最重要的就是海和沙滩。其实只是这两个是不够的，在这世界第二美丽的海滩，怎能没有躺椅和酒吧。其实，度假海滩和一般海滩最主要的区别就是有没有躺椅和酒吧。高级度假海滩和一般度假海滩的区别，除了海，还有没有游泳池。在这里，淡水游泳池处于度假村的中央位置，水很清，边上是两排白色骨架带红色坐垫的躺椅，以及白色的遮阳伞。站在这里，心中，有这样一个声音说道：这就是你理想中的。

站在这里，虽然阳光火辣，但我十分享受。站在这里，虽然高温恼人，但我感到清风拂面。

酒吧大致在泳池的左侧，剧场对面，餐厅右面。这个酒吧难以用语言来形容它的形状。它像一个飞碟停泊在这里，而其实是一个十分高大的圆形硬篷，周围无门，仅用几根立柱支撑。中间是围绕着立柱的圆形吧台；地下有躺椅、沙发、高脚椅，坐在这里可以看海，听海的声音，享受鸡尾酒。

在劳累的日子里，我的梦想常常是安静地看海，坐在防波堤上，站在栈道旁，躺在小船中，睡在船舱里，看在舷窗边，躺在海滩上，总之，可以以各种姿态和方式看海。坐在高脚椅上，喝着Monkey Juice，看着大海。坐定，虽然气温不低，但在海边，享受着海风吹拂发梢，将发梢轻轻撩起，仿佛仙女的手，甚是享受。本想放下心，放下一切安静看海，但是，倘若不计时，无法坐两分钟。于是，计时，一动不动地看着大海，望着海动。浪头像山，慢慢推进，进到一定程度才可以看清浪花。远处仿佛是平的，到达海滩，浪头拍下，拍在沙滩上，形成浪花，冲上些小贝壳，浪退去便带走。紧接着又是一拨浪，这就是潮起潮落、潮来潮去吧。再看，淡黄色的沙滩上，不少老外晒着日光浴，皮肤红红的，与白色的毛巾形成鲜明对比，蛮好看。再看，几只海燕在沙滩上低飞，仿佛小小的滑翔机在飞行。他们掠过沙滩的速度很快，快过很多我见过的鸟。再看，高大的椰子树和棕榈树在风中微微地摇动，我的脑海中竟然浮现出了一个词，婀娜摇曳。这一排淡淡的、亮亮的色调组合，加上酒吧里的bose播放着舒缓情调的老爵士乐，以及略甜的pinacoladr，还有穿着CDG play，Edhardy的我。这一派景象，醉人。身处其中，眼前有些模糊，感到自己恍若置身于淡淡的天光中、梦幻的天堂里、嫩白的云朵上，放松，美妙，享受。不过，还有点滴的不真实，有点儿小虚幻。

后来，除在这里看海外，亦在沙滩的躺椅上坐下看海。这样能够听清海的声音，那是大自然的低吟，还可将浪花看得更加清晰。但是眼眶中的椰树少掉些许，顿觉不如在酒吧旁的沙发中看海来的享受。

原因约莫是离海较远，看海时会觉得颜色有所不同吧。近看绿，是如淡绿宝石般的绿；半看淡蓝，是如野花上的那抹淡蓝；远看深蓝，是如挪威的天一样的如海深蓝。

沙滩上三三两两但整齐地摆放着躺椅，藤色的框架，红色的靠垫，恰如其分地融入了这番景象中。找把椅子躺下，面呈四十五度，且听风吟。

我似乎是困了，头微微地转了一下，余光瞥见了一个飞碟形状的建筑物，原来是酒吧的顶部。

阳光，沙滩，怎可缺少美食。

这里的餐厅很棒，当双脚坚实地站在三个主题餐厅门口时，当屁股坚实地坐在摆放着各类美食的桌子后面时，想说的是：perfect。有时GO会和你一起用餐，看本人愿意与否，意下如何。喜欢GO，热情，大方，有活力，可以如此概括，让人心中舒服。

吃饭时，有两个漂亮姑娘……

即将离去，再次端起China Long，望向大海，有了这样一个想法：只有在努力，向上，奋斗，不懈拼搏后，才会坚实地品尝到享受的滋味，幸福的触感。

下次，一年后，再来时，再看海，会更加开心。

从房间拖出箱子，看向沙滩。

沙滩上，唯有海鸟的爪痕如被风吹落的针叶，零星地印在水边。

要想安逸舒服，啥也不干，去棺材里等死好了。

北欧，寂寞似水

经历的旅行，最为怀念是北欧。

那时，年少，初中，北欧四国，十二天。

挪威，瑞典，芬兰，丹麦；意大利，瑞士，法国，这两趟旅行结束了我最喜爱的国家。走马观花，远山信步，至少走过。

不枉费曾经的感情，今天的回忆。

记得在北欧的那段时间常常阴天，可那会儿，总感叹怎么还有这样美的阴天。

雨后，柏油路面被雨露润为漆黑。天空，好像洒上水的白布，白是底色，灰是边缘。其中浮动着翻卷的云，层次感恍如淡淡的泼墨，站在低低的天空下，望着空旷廖远的公路。

有些奇特的感觉，想躺在公路中间，或沿路跑下去。

不知为何，我十分喜欢绵长的公路，路的尽头抑或遥远的某处，是我的向往与遥望，让我觉得那是有魅力的地方。

上次去澳大利亚，我在高速公路中间站了大约三秒。每一秒在心底的回响都格外漫长深远，那是一段寂寞的公路，却也有卡车驶过，回想真是有些危险。

但人不能一直这样想。你想留着自己的一切做什么用？临入寿材前捐赠器官吗？

喝酒时，许多人不敢喝说因为伤身。弥留之际的泪水，不知是为器官稍好而喜悦，抑或为没有醉过而惋惜。

记得初中时，一位老师说过，要想安逸舒服，啥也不干，去棺材里等死好了。虽然不相干，道理却相似。

走路尚会咯脚，吃肉尚会费牙，手淫尚会磨手，做爱尚会毁腰。

在意一切，阻碍一切享受。

当然，对于我，站在高速公路中间，的确太不在意自己了。

以后还要为自己的岁月加冕，好好活着。

Have a better life.

要活得更好。

之后的很多日子，甚少见过如此欣喜的阴天。北京的阴天大都是一成不变的铁灰。

现在回想起来，或许也不是？恐怕只是因为那会儿我真的有情愫仔细观天。

韩寒先生在文章里说过，他小时候能够脚踏实地仰望星空两个小时，现在两分钟都不可能。

不是不想可能，是不再可能，这就是成长的魅力。

儿时，面对旷远的点点繁星，你的头脑或许一片空白。而假若你可以想些什么，那么将会是一笔很大的财富。倘使你坚持到老，不论从事何种工作，你一定会很富有，至少在精神世界。

北欧是一个安逸的地方。据说在这里有许多人得抑郁症，吸毒。

因为这个地方太安逸了。有时候在路上开车很远才能看到一户人家，城里的街道也罕见人烟。

倘若住到这里，初来乍到会舒适欣喜，雨过河源后便是无边的空虚与寂寞。

但艺术家或作家适合生活在这里，小说家可以，编剧就算了，写着写着所有人就都死了。

这大概是芬兰。

来之前，最向往的是丹麦。但来到之后尚未发现不同，因为它们真的很相像。

记得在丹麦只待了两天。将要离去时路过一鱼市场。国外的鱼市场就好像露天的超级市场，在里面我买了许多糖果，准备路上吃。

那时，阴天似乎就要过去。一束束光柱已经从云层中射下来，投在彩色的城市上空，阳光附近的云分外白。

而后，坐上巴士，驶向远方。

国外的高速路上有许多便利店，记得那时总是吃得很多，每天正餐不说，在便利店休息站总要吃三明治之类的东西。那时的我比现在胖很多，大吃大喝真的是原因之一，其实这就是代价。你在这里享受，必然要在别处受苦。你做不做，取决于内心价值判断。

今天，我也不清楚曾经做过的决定是否正确。

但既然已经过去了，就接受那时的结果吧。

对今天的影响，我也认了。

最后，在此，感谢一下瑞士铁力士峰，中考作文写的就是它。

此外，最重要的，感谢我的所有记忆。

既然结尾离去，不如从未开始；
既然终要失去，不如未曾拥有。
但，倘若如此，为何活过？

丽江，今夕艳遇

两年前去过丽江，那是一次难忘的旅行。

到达丽江的第二天，我便产生了强烈的高原反应，上吐下泻，遗憾没能去酒吧。

我带了掌机PSP去丽江，每次上厕所便打铁拳。到离开丽江的那天，查看记录，五局三胜制的游戏，竟然打了六百多局，可知有多少时间在马桶上度过。

但我的肚子其实并没有怎么耽误我四处观光游览。归来，唯遗憾没有真正光顾酒吧。但现在一想，其实没什么，去了或许也不会怎样。

桥头流水流连处，潺潺独坐夜色深。

何尝不是享受。

有时候觉得自己很贱，真他妈会安慰自己。

但是又如何？没有得到，而在心中一味的后悔、失落，岂不是让自己难受。

人，应使自己在努力过程中难受，得到结果后释然平静。

别和自己过不去。

Why so serious? 这是小丑Joker最牛逼的地方。

顺带追悼希斯莱杰，一位非常优秀的演员，是一个对工作生活都很认真的人，不幸英年早逝。愿六翼天使守护他天堂安好。

住在“一号大院”客栈，气氛很好，甚是幽静。仿佛置身于一个巨大的宅院中。院子中央有个水塘，有着曲折的水路。池中，淡色卵石，点点荷花；水中，缤纷锦鲤，游来弋去。

水上有遮阳亭，离水面很近，坐在这里，仿佛在柔软的水中。

丽江阳光充足，洒在脸上，十分惬意，但紫外线实在强，必须戴墨镜。只是，我特别讨厌墨镜，总觉得戴上后，世界不再真实。我喜欢明亮的一切。

妈妈很关心我，总是强迫我戴墨镜。多少同胞，穿秋裤是因为“我妈觉得冷”，而我戴墨镜，是因为“我妈觉得晒”。

阳光炽烈，我想直接面对。

我们住在大研古城中，真的是水上的古城。小河和石桥穿插于街道，细细的清水常会流过脚边。

丽江的水是软的。

黑龙潭是玉龙雪山下的一道美景。去黑龙潭的路上，有一条弯弯曲曲的小河，河水清澈见底。河底长长的水草，顺着水流的方向延伸。有一段，阳光正好，水面上映出斑驳的点点金光。水经过岩石，点点水花跃起，下落，淡去，仿若无数条发光的小鲸鱼。

黑龙潭并不太大，难以称之为一碧万顷。不过水面像澄澈的镜，清风徐来，千层浪起，弥散了雪山的倒影。

安静的影子，与真实一样。倘若不起风，玉龙雪山岂不只是一个影子。

有一天，因为腹泻，简直要虚脱。但想到这样美的夜，在床上度过岂不是不甘，遂挣扎着出门散步。走到一座石桥上，这是古镇中最老的桥，有些走不动了，于是靠在栏杆上，放眼望去，河面上跳动着酒吧里的灯光，闪烁着深夜的色彩，浪声潺潺，水声汩汩。在这里，虚弱的我好想躺在凉凉的石板上，更近地看看路面上反光的水滴。

然后，我买了一盏河灯，点亮，放下，缓缓飘向远方，渐渐寻不见，像弥散在水汽中的一丝火光，几分迷幻。

河灯逝去，不知尽头。

可亮几时。

它会一直飘去，绽放亘古。

大研古镇是十分热闹的古镇，白沙古镇与之相反。在白沙古镇，游人不超过三十个。记得那里有个寺庙，里面有个观音像，周围无人，当时的气氛令我特别陶醉。

四周安静，唯有风声。斜射的阳光，干净的灰墙壁，古朴的石柱，高大的庙宇，矗立的观音像。

空旷，唯有我一人站在这里。

一种神圣洗礼的感觉，难以用语言深刻表达。

离开前的晚上，感觉有些失落。总是这样，在一段经历将要结束之时常会失落。

曾经我想，

既然结尾离去，不如从未开始；既然终要失去，不如未曾拥有。

但，

倘若如此，为何活过？

一无所有，亦无所可失。

但，

无所可失，亦无所可得。

丽江，艳遇之城。

我，艳遇了未知的自己。

Love Hard
Hard
Love
Love Lucky

在许多地方，邂逅了曾经的自己。
这或许就是此行的意义。

澳洲，故地重逢

前几日，随父母一同去了澳大利亚。

此去一番，亦是故地重逢。

当我提笔打算写游记时，发现已经不再如曾经的我那样将每个足印记录翔实了。不是不能，亦非不想，不知为何，只感觉没有了那种心智稚嫩时被赋予的力量。

墨尔本街头

这次来澳洲，不同于以往随旅行团完成任务般走马观花。自由行，我们住在墨尔本的市中心。所认识的人都认为这里无比喧哗嘈杂，十分不宜下榻。听到如此评论，脑海里便浮现出了在三里屯打地铺的画面，不由十分惊恐。

而后到来的夜晚，唯觉些许声音在遥远的角落颤动。如此，澳洲人已经感觉吵闹。这时，才真正体会到澳洲的“静”。

的确，这里着实为市中心，有着不少购物商场和大型超市，这都是我所爱的。沿街，还有许许多多各式各样的餐厅，除此以外，是在我眼中不算高大在当地人眼中高耸入云的“摩天大楼”。

最爱，不同时段之街景。

早晨，来到街上，沐浴在朝阳下，穿着制服的高中生快步走过，点点阳光跳动在她们被风轻轻撩起的金发上，连同她们如白雪般的面颊，甚是悦目。朋友们的嬉笑，耳机流出的音乐，伴随着黑色皮鞋叩击地面仿佛电报机的“哒哒”声，甚是悦耳。我一直欣赏国外学生的外貌装束，它们契合衬托着青春生命无限蓬勃的美。

早晨，感觉一切都是新的。我坐进一家小店，慢慢嚼着刚出炉的牛肉长面包，呼吸着氤氲着水汽的空气，注视着来来往往或匆忙或闲适的人群，闭上眼，享受还不太炙烈的阳光，惬意非凡。

入夜，感受到的是安静与热闹的和谐。摇滚乐热情奔放的夜店，灵魂乐缓缓流淌的酒吧；RB26引擎奋力咆哮的战神GTR-32，慢慢驶过路口的经典甲壳虫；留着爆炸头的黑人端着酒杯放声说笑，戴着鸭舌帽的白人姑娘低头疾步……

墨尔本的夜，不论宁静亦或吵闹，都荡漾在五彩斑斓的色彩中央，似这里人们的生活。

一天下雨，见到的却是更加富有韵味的夜景。雨中，一切都是朦胧的，沿长街望去，街市仿佛由色彩缤纷的光斑、光晕、光圈组成。再加上落在地上继而升腾的水汽，更显梦幻。地上，映出路边可爱的建筑与修长的路灯，黑黑的、坚实的地面，仿佛多少年未曾改变。

我问自己，当年注意到这些没有？好久都没有一个准确的答案。罢了，不论如何，这么多年都过去了。在nedos，吃着烤鸡，听着外面细微的雨声，想着……

青年们

街头，坐在城市电车站的椅子上看夜景，无意间便注意到街对面一些年轻人，大概是大学生，伴随着乡村摇滚，跳起机械舞。围观者很多，一曲舞毕，便有人慷慨解囊。他们显然不是卖艺的，只是爱好使然，青春使然。

我认为，年轻应被如此演绎，青春应被如此挥洒，这才是年轻人。

我相信，日后，当这群年轻的舞者回想起当年放学后在街头的这段时光，会感到弥足珍贵，弥足精彩，弥足不悔。

青春的我们，要对得起青春。

大洋路

在澳洲，有一条绵延数百公里沿海岸线的路，那是世界上最美的公路，B100号公路，大洋路。

大洋路有一种空间的几何美。它是一个整体，而整体的不同部分又有着相异的景致。可以这样形容它，弯曲绵延，一望无际，处处风景，幕布是海。

弯曲绵延。停车驻足，登高远眺，仿佛线条堆积。

一望无际。行驶在大洋路上，向前望去，仿佛没有尽头。

处处风景。随心漫步，低头抬首，灿灿野花，片片流云。

幕布是海。穿过田野，越过山川，不论透过斑驳的树影，还是通过农舍的木栏，向左看，看到太平洋的涛声阵阵。

一切的一切，的确是最美的公路，没有之一。

小镇之外，巨杉树旁，砾石之上，艳阳天下，飞驰在大洋路上，背景是海。

湖

大洋路上，处处美景齐盛放，两片碧波印心中。

距离墨尔本不远的小镇。

小镇以加工羊毛为主。驱车穿行在街道中央，不多的行人不紧不慢地徜徉着，阳光映着每个人的脸庞，享受澳洲人这种感受时光的生活方式。

来到那片海边，只感觉，一面碧蓝色的大镜子朝我迎来。

蓝色的海面，被微风吹起浪纹，好似在抖动一片巨大的蓝色丝巾。阳光洒在海面上，泛起金色光星，如锦鳞游水。

岸边，是巨大的栈桥，桥上有餐厅、酒吧。栈桥有一个大门，高高的门柱在干净坚实的地面上投下长长的暗影。

海面一望无际，站在岸边，被阳光晃得眩晕。眯起眼，极目远眺对岸，却只能在眼际看到自己左手于水中的倒影。

蓦地，忽然明白，这，是一片碧蓝无瑕的水，是一幕蔚蓝无云的天。

碧海长空，何须岸。

某个大湖

大洋路上景致多。遗憾，不知其名。

下车，直入眼帘的便是湖边木桥上悠闲自在的几只野鸭。见到来客，并无大惊，只是缓慢踱到一旁。远处，几只黑天鹅自顾于深邃的水上游弋。

湖很美，凉风徐来，水鸟翔集，湖深鱼肥，赤鳞游泳，岸边芦草，郁郁青青，湛蓝深远，天高云淡。

脚踏于柔软的草地上，清爽的风掠过湖面，擦过我的头顶、耳畔、周身。不知为何，感觉这股风是那么特别，穿越肌肉，透入骨髓，不是寒冷，而是如野薄荷般清爽。那种爽快沁入心脾，吹拂着、包裹着我，感觉将灵魂洗涤，感觉正蜕变、正获得重生。

这种感觉，丝毫不虚幻，它来得那么敏捷、可爱、现实。曾经，在阿尔卑斯铁力士顶峰，感受相当。这，是属于大自然的魅力。

那时，瑞士雪山上，穿薄毛衣。现在，澳洲严冬里，穿镂空长袖。

丝毫不觉寒冷，唯有灵魂享受。站在湖边，好想大喊。

什么，召唤着我，召唤所有幽闭的心灵在风中敞开。

回想当年，多少湖面碧波在我心底占一席之地？但，有时候，美景只是美景，无法带来如此彻入心扉的感受。

这感受，需要时间场、空间场、本心场的共同作用，需要时间的适宜恰当，需要大自然的独特魅力，更需要我内心的准确契合。

风贴着温凉的湖面掠过，青草律动。

十二门徒

大洋路上，最具传奇，十二门徒。

十二门徒是大洋路上最美的景点。十二巨石，独立海岬，屹立海边，面朝大海。

到达十二门徒，已近八点，遗憾，没有赶上最美的落日，但余晖尚存。到达观景台，眺望，感觉好似观摩一场大自然的隆重演出。

太阳轻轻坠入远方的群山，余晖映在广阔无垠的海面上，十二门徒静静伫立在孤独寂静的夜里，与远处大海呈现一致的黑色。掠过太平洋的海风撩动海岸上的草木，激荡着海岸下的海水，层层波浪激起，于十二门徒上律动，引起阵阵涛声。这声音，是那样的空灵、寂静、寥廓、旷远，又那样裹挟着时间空间的底蕴，感觉从千古之前滚滚传来，在未来深处淡化消失。伴随低掠过的海鸟长鸣，这，就是十二门徒的声音。

天地间，我站在高高的观景台上，望着古老高大的十二门徒，临着海风，背靠伦敦桥，感到自己无比渺小。

在这里，一直没有说话，也没有发出任何声音，面对这伟大深远的自然，发表任何言论都无比渺远枉然。

人类，真的只是“时之沙”，时间流逝，带不走的是十二门徒岩，是自然，是宇宙。人类，既未被带来，也未被带去，只如沙滩上的细沙一般，被海浪冲刷翻滚，一层一层轮番取代。过一点时间，下面的会上来，上面的会下去，就这样轮替着，永不改变。

相比于大自然时间场空间场的广阔，人只似沙粒般渺小。

观景台上有一张椅，不知为何，仅此一张。我坐下，望着渐渐暗淡的自然舞台。这舞台上，没有舞者，又皆为舞者。

·

西人说，十二门徒已经倒下三个，现在只剩九个。倒了，就碎了，就化了，碎片亦寻不见，极目远眺，仿佛如是。

十二门徒为何会倒下？

十二门徒，站得太久了，站得太累了，就倒下了。

十二门徒，曾经在这里屹立了几千年。太平洋上发生的任何沧桑巨变，皆无法将它们撼动丝毫。

那十二门徒为何会倒下？

且看，多少人来到这里，看一会，拍几张，聊两句，走了。他们来到这里，目的就是拍拍照片而已。拍照片，算是欣赏大自然吗？

不禁臆想：往昔，一定有许多人，与十二门徒，绝不是拍照片如此简单。有人，走下石阶，抚摸它的脚踝，拥抱它的脚跟；有人，在高台上，与它对视良久，向它讲述自己想说的话。巨石，从不因人类的这点小事而或喜或悲，它总是那么平静如水，但却认真倾听。当有什么想表达时，涛声风声，即是低沉的回答。

十二门徒，曾孤独站立，却从不孤单，因为有那么一群懂得欣赏大自然的人。而现在，人们却与大自然划清界限。来这里的游客，更多只是过客。十二门徒，对相机的咔咔声已然厌倦，对人们将它当作背景早已厌烦。面对一群群走马观花的过客，它们听不到想听到的声音，只能听到人们对这儿无关痛痒的赞美，再也遇不到懂得自然、尊重自然、享受自然的人。

巨石站立于此，已有几千年。它们不需要那些简单的情感，需要的，是知音。今天，它们感到的，是劳累，是寂寞。

站累了，就倒了。

不知为何，相比于“十二门徒”，我更喜欢称它们“十二使徒”。

曾经，一定有什么力量使它们伫立。

不会再有倒塌的十二使徒岩。

太平洋

太平洋，我爱的海。

有两次，太平洋，永生难忘。

第一，大洋路上。

那是大洋路的标牌，我们下车，准备拍一下这块蕴含深意的铭牌，无意发现，有一小径直通大海。那是一条短短的小径，两旁是木栏，茂密非凡的灌木从空隙伸出，仿佛想抚摸我这远道而来的客人。走出小径，是一片细软的白色沙滩，漫漫无人，侧过脸看海，不禁无声惊呼。

天空是那样湛蓝，没有一丝婉转不舍的流云，阳光尚未炽烈似火，大海仿佛青蓝色的无垠画布。风不大，微风掠过，海面涌起淡淡波纹。海岸线近处，海浪打在沙滩上，沿着沙滩，泡沫攒动，留下一条长长的白色翻滚的线。

海，看不到尽头。我想，尽头，仍是无尽的海。

而当阳光毒烈，太平洋又呈现出深邃辽远的深蓝。即使浪头之下是无尽的黑色，仍旧呼应着太阳，涌动着水，闪烁着点点金光。

日落时分，太平洋的美恍如绽放婚纱的新娘，把那所有动人的美都淋漓尽致地展现出来。海豹岛，是我曾经到过的地方。那天，故地重逢。日落，深蓝色的大海，衬托太阳的绝唱。橙色火球，光芒四射，有一束直直地洒在海面上，仿佛金色的大道，延伸至远方。晚霞亦翩然起舞，落日交相辉映。辽阔广博，碧海长天。而临海公路旁，灰色和绿色的植物低矮却繁茂，恰似地毯铺在结实的大陆架上。细看，树丛中，褐色的袋鼠安静地凝视着所有的来客。眼眶中，整个世界的颜色是如此协调契合。

上次来，依稀似梦，太平洋入海口坚实的海岬和狂涛拍岸轰鸣。

那一瞬，只觉最美不过太平洋。

第二次，海滨餐馆。

那是一个海滨餐馆，也是一个游艇俱乐部。那天下雨，吃罢碳烤三文鱼、红菜沙拉以及薯条，便准备到码头走走，看看海鸥，望望大海。

出门，成群的信天翁出人意料地没有惊慌失措，只是跳向一旁。走近码头，即嗅到海边独有的气息，咸、湿，但不臭。栈桥上有零星的人在钓鱼，走到一旁，扶着坚硬的、岩石垒砌的矮墙，望着太平洋。一旁的路牌上，两只信天翁时而看向远方，时而侧眼看看我。

此刻，天空是灰色，其中夹杂着些许生动的白色，纵使阴天，亦然动人。太平洋翻滚着，涌动着，但在如此宏大的空间场中，却显得格外平静。在这样的天空下，苍茫的海也是灰色的，极目远眺，却怎样也找不到尽头。

这里没有尽头，也不需要尽头。太平洋，多少年都这样平静地存在着，不论人类污染，海灾空难，世界战争，还是岁月变迁，不论什么事物发生在太平洋，它依旧如此平静。

太平洋从未承载什么，也从未失去什么。

它是世界上最大最深的海，任何重大的事务，成功抑或失败，在它面前，渺小的如一粒石子，惊不起一丝一瞬的波澜。

我注视着苍茫的太平洋，凌厉的信天翁注视着我。心底，我对自己说：有朝一日，要像太平洋一样。

耳畔，淅淅沥沥的雨声与时远时近的涛声交织在一起。

酒庄

墨尔本郊外，品酒圣地。

那是一个挺小的酒庄，屋子不大，葡萄园不小。我喜葡萄酒，自爱品酒，但更喜爱曾在图片上见过的葡萄园那如画的风景。

喝过几杯，便决定前往葡萄园看看。

放眼望去，又感受到另一种一望无际。

旅游淡季，正值冬天，葡萄已经没有叶子，但枝干犹存，葡萄枝被捆在一个个木桩上。天如宝石般纯蓝碧色，下面是一排排整齐的葡萄架。阳光斜射在有着些许裂纹的木柱上，投下一道道整齐笔挺的光影，站在这边缘光影中，天地间唯有我一人。好想躺下，躺在这四季常青的肥沃草地上。沿小径，蹲下看那绿色的碧草，抚摸它肥嫩的根，这就是抚摸自然吧？沿小径走，看两边的葡萄架，望着蓝天，呼吸清新甜润的空气，感到心动。

不知缘何，我忽然感到情感思想和身心状态已要释放。撒开步子，摆动双臂，奔跑起来，好似巩乃斯的马，自由奔放、酣畅淋漓地感受这绝妙的自然风光，感觉着土地的松软，泥土的清香，落叶的触感，甚是享受。

回到酒庄里，轻抿冰酒。杯中盛满落日。

此行，还有很多美丽的景色。我发现，很多美景难以言表，亦或尽力言表后仍觉意犹未尽。

为何？因为我们的一切在自然面前都太渺小了。

此行，在许多地方，邂逅了曾经的自己。

这或许就是此行的意义。

每人心中都应该有个许愿池，
每天清晨，许下美好的祝福和企盼。

罗马，那时年少

我对于写作有一种特质，假若曾经写过某特定的事物，之后便永远不想再写。当然仅仅限于特定的事物。

前几日，翻出初中的日记，看到当时写的意大利游记，具体内容已记不清，唯记得当年对它十分满意。

如今重读，啼笑皆非。

是时候，记忆，重新记忆。

当年去意大利，大概十四、五岁。过了这么些年，许多事越来越淡，有些事却愈发清晰。

这是为何？大概那些片段真的在意识里不想忘怀。

人生路远，岁月无常。大家都渴望在某个驿站安歇，却不得不继续前进。大家都希冀在一片宁静中死去，却不得不在金戈铁马中挣扎。

这就是时间操控的结果。

人们往往想在某段时间里做些什么，自以为掌控了这段时间，殊不知，是那段时间控制了自己。

曾经，我对哥们儿说，我小时候去过意大利。他问，什么时候啊？我说初中。他惊讶，这也不算小吧？

是啊，这算不算小呢？

只是感觉已过去好久。

回忆回忆，莫待回忆已然忘怀。

那会儿随团旅行，真的只是走马观花。意大利、瑞士、法国，一共十二天或是十四天，已经记不清。

法国印象不深，瑞士大好河山，意大利阳光似火。

以后旅行再也不想跟团了，没意义，真的只是观摩3D的摄影集扉页。

外国人评论中国旅行团：上车睡觉，下车尿尿，回家啥也不知道。

而我，虽然上车不睡觉，但是下车也要尿尿。

往事花落知多少，谁知峥嵘岁月稠。

曾记去时行过客，迤逦绚烂留黑白。

拍照留念，可记流年？

多少没有意义的事，我们锲而不舍，前仆后继。

前几日云游归来，翻看用莱卡单反拍摄的照片，不禁为当年在意大利没有拍出好照片而惋惜。

转念一想，或许朦胧的回忆更美。

说吧，记忆。那短短几天。

在意大利，印象深刻的属罗马。

爱恋罗马的阳光。

透彻的蓝天，没有一丝流云，炽烈的阳光直射，强光把柏油路映得白灰，把墙面照得斑白，把天空烤得靛蓝。

我是个奇特的人，十分钟情耀眼的天光。

我喜爱极致的事物。若要照耀，那么请再强一些。

在我的眼眶中，强烈阳光下的世界特别富有活力与激情，它们使我感到生机与欣喜。

罗马的那些地名我已忘记，唯独记得斗兽场与许愿池。斗兽场当然好，高大雄伟今犹在，只是朱颜改，但是我们却只停留片刻便匆匆离去。

来不及感受的美好无法带来享受，这是简单的道理。

要不然你看看杂志就去马尔代夫了，要不然你硬盘深处的人早死了。

许愿池。

那天人不是很多。我站在许愿池边，尚可见到许愿池，许愿池中的水被天映成浅蓝色。应该许个愿，自己想。

那个愿望，今天已然有些遗忘，大概是和学习生活有关的什么。其实，愿望，真的很神奇，许愿的地方再灵，还需要许愿的人努力躬身。

愿望，是美好的寄托，是拼搏路上永远的安慰与希望。

每个人心中都应该有个许愿池，每天清晨，许下美好的祝福和企盼。

有个好愿景，总是好事，连想都不想，那就麻木了。

人一辈子，可以一事无成，可以放纵下流，就是不可以麻木。

可以对不起你的青春，就是不可以麻木。

那天许了什么愿？或许只有许愿池阳光下的粼粼波光知道。

不知道那枚硬币还在不在荡漾，应该在吧。

那时盛夏，许多漂亮的金发姑娘在台阶上小憩。大概是些就要成年的姑娘吧。或不是？豆蔻？及笄？碧玉？金钗那么小的大概都像洛丽塔似的和父母在一起吧。

意大利女孩没有巴黎姑娘那样花枝招展，是一种略施粉黛的美。她们的金发在阳光下更加耀眼明亮，亮闪皎洁，发梢融汇在阳光里。

健康的小麦色，婉转着闪耀的金发，恍若阳光下混合鲜奶的摩卡。

这里，女孩子们都很漂亮，看上去很单纯，好似郊外明媚的天光下，闪闪发光的金色麦穗。

单纯是种独特的秉性，掩盖不住，伪装不了。

亦有不少情侣。

我发现国外的人很容易满足。情侣坐在台阶上吃三明治，喝啤酒，两个人脸上都是很幸福的笑。

倚靠着坚实的许愿池。

倘若故地重逢，我一定许下一个更美的愿望。

倘若故地重逢，我一定亲吻昨天的自己。

后记

青春

一些人，脱下校服，便是永别。

回忆我们的青春。

有那么一些时日，我们分离；有那么一些时日，我们相聚。

曾经听过来人说，中学时代的朋友是一辈子的朋友。我的一辈子尚未结束，但我已知道中学时代的朋友应该珍惜。

你问，中学同学有什么特别的好？

没什么。

只是一起哭过笑过，一起痛苦过快乐过，一起走过了生命中最迷茫放纵的岁月。

本没想到同学，却情不自禁落笔，才发觉，只有时间痕迹的青春根本不是青春，缺少陪伴的青春是有缺憾的青春。

北京的冬天，有时我只能看到透彻的天与绚烂的云，战栗的阳光下，这是最好的季节。

在浩瀚的宇宙里，掠过汹涌的人潮。不同的他们，在各自的青春里，留下了什么记忆？

不想用个体举例，只认为许多人的青春太苍白了，包括我自己。

你的青春最痛的是什么？我，是没有爱。

当年以为，在最美的年华里，不该有情感否则会自责，拥有过的失去会难过，荒唐迷惘地度过了最该恋爱的岁月。

现在觉得，在最美的年华里，爱都没爱，敢都不敢，才是无可挽回的悲哀，无法弥补的感伤。

青春的遗憾，似回荡在过去的悲怆琴音。我已经走过了那段日子，学生时代再也无法重归，再也不会有那么美的爱情。

你的青春最痛的是什么？

问问心底默默的泪水，它流过了整个青春。

青春，是一段经历，一段会被亲历者怀念的经历。

匆匆长大的你，问问自己麻木的心，曾经的记忆，是否会激起今天的感动。

青春。

在青涩的年华，沐浴春风，拥抱季节。

未曾犯错的青春，何谈青春。满溢后悔的青春，真正无悔。

青春。

回不去的过往，奔走向前的青春。

追忆过往，眺望一道色彩斑斓的光华。

回首青春，难忘许多事，不舍许多人，犯过许多错，受过许多伤，对不起自己，对不起时间生命，对不起所有爱你的人。

但对得起青春。

这最美的年华。

THE

END

Sooner or later ···

图书在版编目（CIP）数据

我和这个世界不一样 / 张小权著. -- 北京 : 中国友谊出版公司，2014.8

ISBN 978-7-5057-3401-2

Ⅰ. ①我… Ⅱ. ①张… Ⅲ. ①散文集—中国—当代 Ⅳ. ① I267

中国版本图书馆 CIP 数据核字（2014）第 120126 号

书名 **我和这个世界不一样**

作者 张小权

出版 中国友谊出版公司

发行 中国友谊出版公司

经销 新华书店

印刷 东莞市信誉印刷有限公司

规格 880×1230 毫米 32 开

9 印张 200 千字

版次 2014 年 8 月第 1 版

印次 2014 年 8 月第 1 次印刷

书号 ISBN 978-7-5057-3401-2

定价 32.80 元

地址 北京市朝阳区西坝河南里 17 号楼

邮编 100028

电话 （010）64668676